CLAUDE

DU MÊME AUTEUR

L'Un pour l'autre, Galilée, 1999, Folio, 2001
Lettre d'une amoureuse morte, Flammarion, 2000, Folio, 2002
Les Fleurs du silence, Flammarion, 2001, Folio, 2004
L'Ange de la dernière heure, Flammarion, 2002, Folio, 2005
Lumière invisible à mes yeux, Éditions Léo Scheer, 2003
Le Rêve de Balthus, coédition Fayard/Léo Scheer, 2004, Folio 2007
Le Cercle de Megiddo, Éditions Léo Scheer, 2005, Le Livre de Poche, 2007
L'Ombre des Autres, Éditions Léo Scheer, 2006
Journal intime, Éditions Léo Scheer, 2007
Le Chemin des sortilèges, Éditions Léo Scheer, 2008

www.leoscheer.com

NATHALIE RHEIMS

CLAUDE

Éditions Léo Scheer

À Lou

Je n'arrive pas à réaliser que tu as disparu. Les jours rallongent. Invariablement, je rentre en fin d'après-midi, je monte les marches et puis je te cherche. Tu dois être là-haut, dans ta chambre, couché sur ton lit devant la télé. Mais il n'y a personne. Je m'étends, je cherche ta main. J'allonge le bras et j'attends ; j'attends que tu reviennes. Pourtant, je t'ai vu mort. J'ai dormi contre toi les trois dernières nuits, avant que l'on te mette dans ton cercueil. J'ai dormi d'un sommeil profond, persuadée qu'à mon réveil, je t'entendrais me dire que tu n'aimes pas les dimanches, que ton diabète t'inquiète, que tu penses à Julien, à son accident, à son absence. Dix ans déjà ! Je n'ai pas vu le temps passer, il s'est enfui, comme toi désormais.

La première image : assise dans l'entrée de ton bureau, rue Lincoln, j'attendais que la porte s'ouvre. Et puis, ton visage, si beau, si sombre. Ce jour maudit, tu venais d'apprendre que Julien ne marcherait plus. Face à toi, je ne trouvais pas les mots. Je te parlai quelques instants de Charles Denner, de mon premier livre, que j'achevais d'écrire. Tu l'avais engagé pour jouer ton père, Hirsch Langmann, dans *Le Vieil Homme et l'Enfant* et *La Première Fois*.
Tu n'étais pas là, ton esprit restait accroché au chagrin qui ne te lâcherait plus jusqu'à ta propre fin. Tu semblais te cogner aux parois de ton cerveau. Je renonçai. Debout, près de la porte, tes yeux ont plongé dans les miens, comme un noyé fixe le rivage avant de sombrer.

— Si vous avez besoin de moi, je serai là.

Puis je me suis enfuie.

Il y a trois ans, un soir, à table, tu as eu ton premier accident vasculaire cérébral. La parole s'est évaporée d'un seul coup. Les mots ne se formaient plus ; tout était en vrac, dans le désordre. Au scanner, on a vu un caillot de sang sur le côté droit. Toi qui étais déjà le roi du silence, tu t'es enfermé davantage. Il t'a fallu tout réapprendre, chaque chose, chaque objet, leur donner un nom, redonner un sens à ta vie, à la nôtre. Retrouver le goût de vivre. Tu allais si bien par moments. Et si mal à d'autres. Tu passais du soleil aux ténèbres, comme ça, d'un coup, de la boulimie de tout : l'art, la table, les êtres, à l'anorexie profonde, au vide, au rien. Des semaines durant, je te tenais la main, tu regardais la télé du fond de ton lit pendant des heures, comme si l'écran allait absorber tes doutes, tes angoisses.

Et puis, un matin, il semblait que rien de tout cela n'avait eu lieu. Tu te relevais et l'appétit revenait. L'ogre renaissait de ses cendres, prêt à dévorer tout ce qui lui tomberait sous la main : les dessins, les photos, les sculptures, les objets, les films, les gens. Chaque soir, tu étalais dans le salon un nouveau tableau de chasse. Tu me serrais les bras face à tout cela.

— Regarde. Regarde bien. Dis-moi ce que tu en penses.

Quand je n'aimais pas, tu fronçais les sourcils et me rétorquais :

— C'est un chef-d'œuvre !
— Si tu aimes, c'est ça qui compte.

Que voulais-tu que je réponde ? Et c'était vrai, parce que tu m'aimais, et que ça, ça n'avait pas de prix. Tu m'aimais comme tu aimais les œuvres d'art, je te regardais me regarder, et ce regard suffisait à me rendre heureuse.

Je te disais que je t'aimais tellement, malgré tes chagrins, ton désespoir que parfois je n'arrivais pas à endiguer, toi qui avais tout eu, tout connu, tout gagné. Toi qui, toute ta vie, avais *donné les cartes*.

Pourquoi cet amour si fort ne suffisait-il pas à te rendre ta joie de vivre ? Tu sombrais dans des dépressions. Elles arrivaient sans bruit ; je les voyais venir, rampantes. J'en connaissais les prémices et je savais que rien ne pourrait les arrêter. Alors, année après année, j'écrivais, pour les combattre, pour ne pas sombrer avec toi, parce que si je t'accompagnais, c'était foutu : on se serait couchés tous les deux en attendant la mort. Je ne voulais pas que tu meures, je voulais que tu vives, que tu restes debout.

La première fois que tu m'emmenas me promener, huit jours après notre rencontre, je te regardai marcher dans ton manteau bleu marine. Je me dis : comment peut-on être si petit et avoir l'air aussi grand ? Je voudrais que tu reviennes.
Je n'ai pas eu le temps de tout te dire. Tu ne me posais jamais de questions. Maintenant, j'en suis sûre, malgré toutes ces traversées en eau trouble, pas un instant tu n'as pensé que tu allais mourir. On n'en parlait jamais. Si tu l'avais su, si tu y avais pensé, tu m'aurais demandé qui j'étais, d'où je venais. On avait la vie devant nous.

Je regarde le dernier mot que tu m'as écrit, pour Noël :

Nathalie, mon amour, le monde nous appartient.

Tu avais raison, il nous appartenait. Tu avais repris goût au cinéma. Le succès de *La Graine et le Mulet*, celui des *Ch'tis*, l'ouverture de ta galerie. Depuis un an, le Lithium te maintenait à l'équilibre.

— Regarde comme je suis jeune !
Tu dansais au milieu de la chambre dans une de tes grandes chemises de nuit. J'ouvre les tiroirs, elles sont toutes là, et toi, où es-tu ?

Je te sens flotter dans l'air. Tu accompagnes autant mes jours depuis que tu as pris le large. François Gédigier est en train de finir le montage de *Trésor*. Nous allons bientôt enregistrer la musique de Frédéric Botton qui, lui non plus, n'est plus là. Sur le tournage, chacun essayait d'imaginer ce que tu aurais voulu. Ensemble, nous avons tenté de restituer une partie de toi.

Tu fascinais tous ceux qui t'approchaient. Tu les absorbais dans ta lumière. Ta présence occupait l'espace, le rendant plus épais. Tu éclairais tout par la force de ton regard. Lorsque tu sortais d'une pièce, l'ombre redescendait.
J'écris dans ta chambre, devant les Morandi. Tu disais que rien n'est plus beau que de se réveiller avec eux. Ce matin, comme tous les matins depuis que tu les as quittés, je les trouve plus pâles. Une couche de poussière grise semble les recouvrir. Je regarde des photos de nous dans des cadres, sur ton bureau.

« Si vous avez besoin de moi… »
Je t'avais dit ça sans réfléchir. L'après-midi tu m'appelais ; tu voulais me revoir, là, tout

de suite. Deux heures après je suis arrivée, tremblante, au bar d'un grand hôtel. Je n'ai pas eu besoin de parler, tu m'as serrée dans tes bras. Longtemps. Qu'allions-nous faire ? Dans la vie, avec toi, tout se réalisait immédiatement. Tu pouvais, en une minute, à la simple lecture d'un article sur un livre, décider d'en faire un film. En prise directe avec le monde, comme dans une scène muette. Les mots ne venaient recouvrir les choses, leur donner un corps, un sens, qu'à travers la fiction, le cinéma.

C'est finalement Charlotte Gainsbourg et Daniel Auteuil qui parleront pour nous dans *L'un reste, l'autre part.* Libres ni l'un ni l'autre, leur amour se scellera autour de l'accident de Nicolas Lebovici, qui superposera ses traits à ceux de Julien. Tu as toujours pensé que l'on pouvait exprimer à l'écran tout ce qui, dans la vie, ne pouvait se dire avec les mots. Je voudrais revoir ce film mais c'est trop tôt, je préfère, pour l'instant, t'écouter dans le silence.

Dehors, il pleut. Tu aurais détesté ce temps. Tu m'aurais dit : « Les Ryman dorment. » Ils se réveilleront avec la lumière rasante du soleil. Tu ne te lassais jamais de les contempler, regardant la lumière jouer avec le blanc des toiles. Tu en parlais comme s'ils étaient vivants.

C'est à travers tes yeux que j'ai commencé à comprendre l'abstraction. C'était comme un écho, une part restée enfantine, retrouvée dans ces toiles, avec le plaisir d'entendre encore ton père te dire que tu avais l'œil, que toi seul pouvais assembler de façon aussi habile les queues de vison pour en faire un manteau, un vrai, qu'il n'y avait pas de rupture dans tes dégradés de beiges, de gris, de marrons ; tu trouvais une réponse à ce désir énigmatique d'entendre les compliments de ton père dans la contemplation des fragments de jour balayant les traces à la fois blanches et multicolores laissées par le pinceau de Ryman. Tu lui vouais une admiration infinie.

Lors de notre premier voyage à New York, tu m'emmenas visiter son atelier. Dans ta joie, ton enthousiasme, je devinais l'enfant que tu avais été. Il te fallut discuter longtemps ; finalement, tu emportas le tableau dont tu rêvais. Robert Ryman nous offrit sa palette, couverte de matière blanche et verte. Au dos, il avait écrit ces mots : *Pour Claude et Nathalie, avec tout mon amour.* Était-ce parce qu'il avait été au bout de l'abstraction, faisant disparaître toute trace de représentation, toute possibilité de visage, ne laissant que la lumière inonder le blanc, qu'il te fascinait tant ?

— Claude, il a l'œil.

Combien de fois m'as-tu répété les mots de ton père ? Et pour donner les cartes, comme il disait, il fallait y voir clair. Tout se faisait en une seconde : repérer, décider, choisir. Chez toi, les mots tombaient comme des couperets.

Tout à l'heure je suis entrée dans la pièce où tes vêtements sont accrochés. Tes vestes bleues, tes pantalons gris, tous identiques, tes chaussures semblables les unes aux autres. Ton odeur imprègne encore les tissus. J'ai tellement de chagrin que rien ne vient, même pas les larmes. Je m'allonge sur ton lit, je ferme les yeux et je pense à tous les endroits où nous avons été, à toutes ces galeries où tu m'emmenais, jusqu'à l'épuisement, aux kilomètres parcourus (avec Rajan qui ne te quittait jamais), au temps qui s'étirait indéfiniment lorsque tu étais dans ton royaume obscur, à celui qui filait comme un souffle chaque fois que l'envie de vivre revenait.

Nous allions au restaurant. Toujours les mêmes. L'Ami Louis, Le Stresa, Le Duc, tes préférés. Tu ne supportais d'attendre ni les gens ni les plats, tu trépignais d'impatience ; il fallait commander depuis la voiture. Tu passais à table sans te soucier du reste. Je te disais toujours que ta mère t'avait trop gâté, que tu étais resté cet enfant-là. Combien de fois as-tu dit, écrit, que tu étais un fils plutôt qu'un père. Pourtant, tu aimais tant les tiens. Tu n'as sans doute pas su le leur dire autant qu'ils l'auraient désiré. Ils avancent aujourd'hui dans ton image et ton souvenir ; ils t'ont aimé éperdument.

J'aurais voulu que tu puisses être encore des années le père de Thomas, celui de Darius, le grand-père de Lou. Tu nous as laissés stupéfaits, hébétés. Tous les jours, j'appelle Arlette. Pendant des heures, elle me raconte votre enfance, vos parents, Betty et Roger, l'histoire du *Cinéma de papa.*

Tu avais découvert ton diabète sur le tournage de *Tess*, lors d'un contrôle de santé pour les assurances. L'année de notre rencontre, tu étais passé à deux injections d'insuline quotidiennes. Tu n'étais pas seulement devenu dépendant du produit, mais aussi du docteur Leblanc. Tu l'appelais matin et soir, dimanches et jours fériés, après avoir mesuré ton taux de sucre dans le sang à l'aide d'une aiguille ; lui seul pouvait te donner la dose exacte qu'il faudrait t'injecter. Nous avions transformé cet exercice en jeu pour mieux atténuer tes angoisses. Je pariais sur un chiffre juste avant d'appeler le médecin, mais tu avais besoin qu'il te le confirme. Si, par hasard, il n'était pas joignable, je te sentais plongé dans le vide.
Cette insuline nous avait davantage coupés de l'extérieur, tout comme les perturbations du langage. Tu avais fait de ces contraintes des murs d'acier qui nous enfermaient un

peu plus. Pourtant, j'étais bien dans cette forteresse, je m'y sentais à l'abri. Je n'aime pas sortir, le monde n'est pas pour moi.

Nous avons fait tant de voyages immobiles, nichés dans ta chambre, regardant inlassablement des catalogues de Sotheby's, de Christie's. Tu avais une soif permanente d'apprendre. Les livres, les monographies remplissaient les bibliothèques, jonchaient le sol, reposaient sur les tables. La *connaissance* : sans cesse tu répétais ce mot comme une formule magique, un sésame pour pénétrer dans le sanctuaire sacré des œuvres que tu espérais acquérir. Tu parlais de désir, de possession, comme d'autres parlent d'amour. Infidèle, tu changeais parfois d'avis, tu disais : « Il faut payer pour apprendre », passant d'un artiste à l'autre, de la fièvre à la désillusion. Tu faisais sans cesse des découvertes.

Lorsque, des semaines durant, le rideau de fer de ta chambre restait fermé, et que tu demeurais plongé dans le noir, soudain, du jour au lendemain, une étincelle surgissait. Ton désir de vivre à nouveau t'emmenait dans les galeries : Polaris, Marian Goodman et tant d'autres. Je te suivais, regardant ta vie reprendre un sens, ton enthousiasme s'allumer, projeter sur tes envies une lumière qui irradiait tout ce que tu contemplais. Ce n'est pas l'art que j'aimais, c'est ton regard qui me permettait de comprendre ta passion. Désormais, je dois regarder sans toi.

Je reste à t'attendre. Je sens ta présence. J'ai l'impression que tu vas apparaître, que tes pas vont résonner, comme lorsque je t'attendais, et que tu surgissais soudain en me disant : « Mon amour, tu es là ? » Dix fois par jour tu me téléphonais. J'entendais ta voix me dire : « Mon amour, où es-tu ? Mon amour, tu me manques. » Et toi, sais-tu combien tu me manques ? Cela fait quatre mois que tu n'es plus là. Parfois, le soir, lorsque j'éteins la lumière, je te dis à voix basse : « Claude, tu m'entends ? Claude, parle-moi. » Un jour, peut-être, je t'entendrai à nouveau.

« Faire sa vie en une fois. » Souvent tu me parlais de ce rêve inaccessible, inspiré par l'image de tes parents qui, eux, ne s'étaient jamais séparés. Éviter la violence des ruptures, celles que l'on décide, celles qui arrivent malgré nous, contre nous, celles qui font que l'on s'abandonne, laissant l'autre seul. Je repense au personnage de Cécile joué par Catherine Deneuve dans *Je vous aime* ; il est le signe que ta vie ne fut pas ainsi. Mais n'est-ce pas, à chaque fois, une vie entière, un nouveau chapitre qui commence, comme on tourne les pages ? Cécile a plusieurs hommes, et ne parvient pas à s'attacher. Toi, tu es resté fidèle à celles qui ont vraiment compté. Tu voulais écrire sur François Truffaut, sur son rapport à la mort, raconter son désir de refermer le livre auprès de Madeleine, sa première épouse. Où vont les hommes pour mourir ?

Je sais que tu es là, au moment où j'écris ces lignes. Je t'entends me raconter ce que tu n'as jamais voulu me dire. C'est dans ton *Autoportrait* que tu dévoiles ta vie de la manière la plus directe, la plus intime. C'est par la puissance de l'écriture que tu t'es arraché au chagrin laissé par la mort de Julien, par la disparition d'Anne-Marie. Et moi, que suis-je en train d'écrire ? Quel vide remplir à travers ces lignes ? Je dessine ton absence, je retarde la séparation. Je te tiens serré dans l'encre noire qui trace les contours de ton portrait. Nous sortons ensemble du silence imposé par le langage, qui t'avait contraint, ces dernières années, à faire le deuil d'une part de toi. L'émotion que te procurait l'art n'avait pas besoin de verbe, de syllabes. Il suffisait que tu regardes, que tu contemples, que tu absorbes l'œuvre, ta force passait par là.

Je repense à tes films, avec eux je déroule ta vie, ton enfance, ton adolescence, tes premières amours, tes obsessions. Tu jetais sur eux un regard amusé, parfois sceptique, mais surtout silencieux, comme s'ils venaient souligner tes fractures, tes blessures, tes culpabilités. Ils exprimaient ta part d'inconscient, celle dont personne n'avait la clef. C'est dans les images projetées sur l'écran que tu considérais ta vie, la tenant à distance. Tu disais : « Je n'ai pas d'imagination, je ne peux que raconter ce qui m'arrive. »
Ce qui t'arrive, depuis que tu n'es plus là, c'est ce qui m'arrive et me trouble, ces moments étranges où tu surgis et te tiens devant moi. Je n'ai pas voulu de dates à ces fragments de ton existence. Ce matin,

j'évoquais ton désir de raconter un jour le lien qui unissait, malgré leur séparation, François Truffaut et Madeleine. Dans les couloirs de l'auditorium, cette après-midi, je parle avec Nicole Firn de tous les films que vous avez faits ensemble. Ce soir, je rentre retrouver ta présence énigmatique, pour lui parler, pour évoquer le bruitage de *Trésor.*

Sur la table de la salle à manger, je découvre une lettre, je l'ouvre : *Paris, ce 19 mai 2009*, je lis l'écriture fine qui court sur le papier. C'est Madeleine. Je ne l'ai jamais rencontrée, je ne lui ai jamais parlé et pourtant elle me dit qu'elle pense à moi, qu'elle n'a pas pu me faire signe avant. Elle existait pour moi dans ce que tu me racontais de son couple avec Truffaut, qui avait été le témoin de ton mariage avec Anne-Marie.

Ce matin j'écrivais sur elle, et ce soir, c'est toi qui, par elle, me réponds. Je te sens penché sur mon épaule, tout comme Charles

Denner qui, dans *L'Un pour l'autre*, il y a dix ans, m'a emmenée jusqu'à toi. C'est notre amour qui me guide, je te suis, je t'accompagne, j'irai jusqu'au bout, comme dans les dernières images de *L'un reste, l'autre part*, plan final où tout le monde se retrouve, passé, présent, vivants, disparus, nageant dans la rivière, ondoyant dans la douceur du soleil. La clarté, telle une toile abstraite, donne l'illusion d'un bonheur enfui. Un fleuve, un seul courant et pourtant la lumière joue sur sa surface comme sur une infinité de papiers déchirés.

Quelle part as-tu mise de toi dans tes personnages ? Celui joué par Coluche dans *Tchao pantin* : qui cherchais-tu à sauver ? Toi ou lui ? Celui d'Yves Montand dans *Jean de Florette* : reconnaître sa paternité. Être digne de ton père et de son engagement dans *Germinal*, résister dans *Lucie Aubrac*, dénoncer la lâcheté dans *Uranus*, retomber amoureux, comme Jean-Pierre Bacri dans *Une femme de ménage*, imaginer dans *Ensemble, c'est tout* que ceux que l'on aime puissent vivre ensemble, sans cris, sans drames. Tous ceux que tu as traversés t'ont éloigné du monde, des autres, et sans doute, aussi, parfois, de toi-même.

« Nous avons eu des moments tristes », me disais-tu parfois, mais dans les périodes où tu étais heureux, je l'étais aussi tellement. Le bonheur de te regarder vivre était alors si enivrant qu'il venait balayer les jours d'orage. Les projets revenaient, tu étais à l'affût de tout, dévorant les journaux pour y trouver un sujet de film, partant à Madrid, à Londres ou ailleurs pour y rencontrer un nouvel artiste ; ton énergie était dans ces moments-là plus forte que toutes les autres. Rien ni personne ne te résistait, tu arpentais pendant des heures les foires d'art contemporain, achetais tous les jours, parlais de tes projets à Pierre Grunstein avec qui tu travaillais depuis toujours. Tu pouvais l'appeler à n'importe quelle heure du jour ou de la nuit au gré de tes pulsions. Il fallait aller vite, bloquer les droits d'un livre, partir en Inde faire des repérages, tu voulais tourner dans deux mois, tout semblait possible.

Écrire l'essentiel. Te peindre dans la même lumière que celle de la dernière photo qu'Agnès Godard a faite de nous avant Noël, lors des repérages à la Cité universitaire. Tu me prends la main, nous avançons vers un rayon de soleil qui donne à l'image une impression d'ailleurs. « Viens. Suis-moi », sembles-tu me chuchoter. T'aimer, c'était t'accompagner, te regarder agir, dormir, rêver. T'arracher à tes cauchemars au sortir de tes siestes, quand tu te réveillais en sueur ; je te prenais alors dans mes bras. « Chante-moi une petite chanson », me disais-tu. Tu adorais Gainsbourg, Souchon,

tu les avais tous deux fait tourner. Tu aimais aussi Renaud qui avait donné à Lantier, dans *Germinal*, la vérité que tu recherchais. *La Vérité* d'Henri-Georges Clouzot où tu fis tes débuts d'acteur de cinéma. Ta vérité à l'état brut, celle qui te faisait dire, écrire, tout ce que tu pensais, sans te soucier du reste, du chagrin qu'elle pouvait causer. Je te disais parfois que tes paroles étaient trop brutales, mais tes gestes étaient si doux, si tendres.
Je savais tes colères légendaires ; je n'en connus aucune. Tu aimais me dire, en riant, que j'avais fait de toi un agneau. Je relis toutes les lettres que tu m'as envoyées, j'ai gardé tous les petits mots que tu déposais sur l'oreiller.

Ces dernières années, tu laissais très peu de gens pénétrer dans ton intimité. Mais lorsqu'ils avaient réussi à franchir le mur, tu les dévorais. Tu pouvais être avec eux comme si tu étais seul, raccrochant le téléphone au milieu d'une phrase, dînant en chemise de nuit, te levant de table au milieu d'un repas. Tu appelais sans te soucier de l'heure, prenais une petite voix pour répondre au téléphone, prétendais que tu ne pouvais pas parler, que tu étais fatigué, alors que tu étais en pleine forme. Cela me déplaisait. Je te disais :

— Les gens pensent que tu ne vas pas bien, ils s'inquiètent, et toi tu t'en fiches.

— Tu crois ? me répondais-tu d'un air amusé.

Mona Krayem était entrée dans ta vie au moment de ton accident vasculaire cérébral. Deux fois par jour, tu lui rendais visite. Philippe Van Eykouth, orthophoniste de génie qui te rééduqua à l'aide de chansons, te l'avait fait rencontrer. Tu avais entrepris avec elle de longues séances quotidiennes de lecture et d'écriture. Grâce à elle tu progressais, tu réapprenais à parler. Elle fut si précieuse lors de notre travail sur *Ensemble, c'est tout* et sur *Trésor.* Parfois, tu la lâchais en route, tu semblais lassé d'avoir à réapprendre, te réfugiant à nouveau dans le mutisme. On inventait des jeux, on faisait des exercices de mémoire. Tes souvenirs anciens étaient intacts. Tu te les rappelais dans les moindres détails, comme s'ils avaient imprimé la pellicule du film de ta vie. Tu refusais de dire « coupez », comme dans *Janine* que tu coréalisas avec Maurice Pialat. Il avait gardé au montage cette scène où tu faisais le geste d'arrêter la prise de vue, mimant des ciseaux avec tes doigts. Même si tu n'es plus là pour me guider et que tu as dit « coupez » bien trop tôt, je chercherai dans ta mémoire et je te retrouverai.

Pour le quatrième anniversaire de notre rencontre, je rentrai le soir avec un masque africain acheté à la galerie Flak, rue des Beaux-Arts, où nous passions si souvent et où plusieurs scènes de *L'un reste, l'autre part* furent tournées. Tu m'attendais dans la salle à manger. Toi aussi, tu avais une surprise ; tu m'entraînas dans la cuisine. Je cherchais quel cadeau tu avais bien pu me faire. « Regarde ! », me dis-tu fièrement en désignant le sol. Un panier bleu ciel était posé, et dedans un bébé carlin dormait. Je le pris dans mes bras. C'était ce qu'on m'avait offert de plus beau, de plus précieux. Je le montai dans notre chambre tel un trésor et lui donnai le nom de Georges.

Il y a un an, tu décidas d'écrire son histoire, l'arrivée de ce petit chien dans notre vie. Le début du tournage était prévu pour le 4 janvier. À Noël, dans le Luberon, nous relisions chaque jour le script, le matin et l'après-midi. Il y avait Arlette et Michel, son mari. Dix jours à rire, à dormir, à rêver de ce film qui était en train de naître. Moments joyeux ponctués par la chanson à boire interprétée par Michel Simon dans

Le Vieil Homme et l'Enfant. Tu étais heureux de retrouver Alain Chabat, de tourner, pour la première fois, avec Mathilde Seigner, de revoir Fanny Ardant avec qui nous avions dîné avant Noël, d'être près d'Isabelle Nanty dont tu espérais produire le prochain film, de refaire un long métrage avec François Dupeyron, et avec toute ton équipe, dont la plupart t'accompagnaient depuis des années.
Ton premier « moteur » fut plein de force et de joie. Tu souriais à chaque prise, tellement attentif derrière le combo. Le vendredi, tu as eu de la fièvre. Le docteur Taravel est passé deux fois. Une grippe, au lit, au chaud. Tu t'es endormi. Tu t'es enfui, nous laissant, tous, face à un gouffre sans fond. Continuer, c'était te suivre, te poursuivre. Mener cette ultime aventure jusqu'au bout. Tenir debout, ne pas s'effondrer. Il y eut des éclats de rire, des torrents de larmes. Ton image, présente, sans un

instant de coupure, et Nicole à mes côtés. Dans un mois, *Trésor* sera achevé, mais notre histoire, elle, continue. J'ai l'impression d'avoir encore tant de choses à te dire, tant de facettes de toi à mettre en lumière.

Il faudrait tenter d'expliquer pourquoi tes exploits de collectionneur d'art te rendaient plus fier que tes films. Tu parlais parfois avec admiration de ceux que tu avais produits, même si certains, comme *Valmont* de Milos Forman, n'avaient pas été à la hauteur de tes espérances. Mais lorsqu'il s'agissait de regarder ensemble, à la télévision, l'un de ceux que tu avais mis en scène, au bout de dix minutes, n'y tenant plus, tu zappais en râlant. Il y avait dans la posture de l'Auteur quelque chose qui t'agaçait. Tu avais gardé une forme particulière de modestie, peut-être un complexe ancien, hérité d'une famille d'artisans, devant ce qui pouvait être considéré comme du grand art. Et puis, sans doute, l'art t'apportait des émotions plus fortes que tout le reste. Tu donnais l'impression que le cinéma, tu en avais fait le tour, alors qu'il te restait tellement de choses à découvrir dans l'art. Je ne peux m'empêcher de penser que ton goût pour l'abstraction trahissait ton besoin de fuir les autres. Tu aimais cet escamotage, ce tour de passe-passe qui consistait à faire disparaître le réel. Lorsque tu disais : « Ryman, c'est Monet sans les nénuphars », ce n'était pas pour offrir une réplique à Yasmina Reza. Cette réalité dont se nourrit le cinéma, tu en étais revenu. Tu avais découvert, fait travailler les plus grands metteurs en scène, les plus grands acteurs. Ton seul regret était de ne pas avoir tourné avec André Dussolier et Isabelle Huppert.

L'art était une odyssée sans fin, un voyage sans retour. Cela alimentait ta curiosité insatiable. Il aura fallu, in extremis, le succès des *Ch'tis* pour que tu sois à nouveau ébloui par la carrière d'un film. Cette incroyable aventure était née lors d'un concert de Laurent Voulzy où je t'avais traîné, maugréant.

Assis derrière nous, deux amoureux s'embrassaient avec une telle passion que je t'avais dit à l'oreille : « Retourne-toi et regarde, on dirait nous. » À la fin du concert, le jeune homme était venu vers toi pour te dire son admiration. Il connaissait tous tes films par cœur. Il nous invita à voir son spectacle la semaine suivante. Toi qui ne sortais jamais, tu avais accepté. Lorsque tu changeais tes habitudes, je savais qu'il fallait y être attentive. C'était souvent un signe, une trace de cet instinct que tu suivais sans réfléchir.

Nous avions tellement ri à *La Vie de chantier* que, dans sa loge, après la pièce, tu lui proposas d'en faire un film. Ce fut *La Maison du bonheur*. Tu étais tombé sous le charme du talent de Dany Boon, de la grâce et la douceur de Yaël. Tu étais si heureux de lui

avoir donné la possibilité d'entrer dans le cercle enchanté du cinéma. C'était certainement ce rôle que tu préférais, donner les cartes, lever les barrières d'un coup de baguette magique.
Le premier film n'eut pas le succès que l'on pouvait en attendre, mais la promesse était déjà là. Dany continua, persévéra, alla au bout de ses obsessions. Lorsqu'il commença le tournage, dans le Nord, de son deuxième long métrage, tu traversais à nouveau une de tes périodes sombres. Elles revenaient comme un cycle immuable, infernal, où tu pouvais rester cloîtré chez toi, à ne plus voir personne à part Rajan et moi. Je restais des heures blottie contre toi.

J'ai vu toute sorte de choses au cours de ces traversées. Il y a ceux qui ne t'ont jamais abandonné ; Myriam et Élise qui veillaient sur toi tels des anges gardiens, et puis Thomas et Darius, si aimants. Mais les autres. Comment écrire la fourberie sans dénoncer ? Comment décrire l'orgueil de certains sans leur ressembler ? Comment te rendre ce qui t'appartient ?

L'écriture d'*Autoportrait* t'avait beaucoup aidé pour t'en sortir, tant bien que mal, lors de ta précédente plongée dans les gouffres. L'idée germa d'écrire un deuxième livre. Mais n'avais-tu pas tout dit dans le précédent ? Tu regardas le vide autour de toi et compris qu'il y avait encore des choses à raconter. Tu décidas de l'appeler *Règlements de comptes*. Plus tu y pensais, plus les épisodes et les anecdotes affluaient dans ta mémoire. Tu n'avais pas besoin d'aller chercher bien loin. Finalement, tu n'écrivis que le premier chapitre, où l'humour, la dérision finirent comme toujours chez toi par l'emporter. Ces premières pages se transformèrent en scénario : ce fut *Trésor*.

Tu avais réservé ta première vengeance à notre petit carlin qui ronflait si fort qu'il t'empêchait de dormir. Comment te rendre ce qui n'appartient qu'à toi, cet œil, cet instinct, cette façon de tout miser sur une phrase, une idée, une fulgurance, qui faisaient de toi un producteur dans le seul sens possible du terme, celui de mettre en lumière, de donner le jour, d'accompagner un script, de couper au montage, de prendre tous les risques. Cela, personne n'aura pu te l'enlever durant les moments où la vie t'échappait. Personne n'a pu t'enterrer de ton vivant. Personne ne t'ensevelira dans la mort. Certaines choses ne s'achètent pas.

Le manque s'installe, rythmé par l'aiguille d'un métronome. Cinq mois déjà. J'ai la tête vide. Dehors il fait beau, et pourtant, j'ai froid. Le temps s'enfonce hors de ta présence, c'est dans ton absence qu'il défile. Cette présence par le vide coule goutte à goutte, transformant le désir en un manque glacial.

Nicole et moi avançons sur *Trésor*, nous serons en post-synchro la semaine prochaine. Je m'accroche à cette réalité comme à une corde pour tenter de sortir d'un gouffre qui m'attire vers le fond. J'appréhende la fin du film. Je suis à l'intérieur, coupée du monde et des autres. J'entends ta voix et j'imagine tes réactions. Je devine tes expressions. Je sais ce que tu veux.

Tes désirs ne rencontraient aucun obstacle. Continuer, poursuivre, malgré la lourdeur des jours. Cette nuit, j'ai rêvé que tu étais là pour la sortie du film. Tu m'appelais de la campagne, tu t'ennuyais trop sans moi. Tu étais joyeux, tu avais des envies, des désirs, tu n'avais plus peur de rien. Parfois, tu aimais partir pour de brefs séjours, mais très vite, tu te lassais, tu voulais rentrer.

Arlette me dit que c'est après le succès du *Vieil Homme et l'Enfant* que tu avais changé, que ton insouciance s'était enfuie, faisant apparaître un autre Claude, plus angoissé. Lorsque tu produisais ou réalisais un film, si c'était un succès, tu avais un léger sourire, si c'était un échec, tu semblais indifférent. Il n'y a que pour *San-Antonio* que je te vis emporté par la fureur, les regrets. Tu t'en voulais de t'être laissé entraîner dans cette pénible entreprise.

Ce qui te plaisait le plus était de découvrir de jeunes metteurs en scène. Yvan Attal, Alain Chabat, Noémie Lvovsky, Isabelle Nanty furent, comme tu les appelais, tes « enfants de cinéma ». À la sortie de *Mesrine*, tu étais fier et heureux pour Thomas, tu l'auras vu devenir le producteur que tu espérais qu'il soit.

Parfois, je me dis que tu te caches à La Tronche, le village où tes parents t'ont envoyé pendant la guerre, que tu m'attends là-bas, sous une fausse identité.

J'essaye de m'ancrer dans le réel, de te faire revenir dans ces pages, de faire ce que tu voulais, de réaliser ce que tu imaginais, de rendre possible ce qui me semblait impensable, ta propre fin, quitte à disparaître en elle.

Je t'accompagne là où tu es, restant attentive au moindre signe, au moindre bruit du soir. Quelle sera la suite ? Toi seul peux me le dire. En dix ans de vie avec toi, tu m'as entraînée dans ton monde, dans ton univers mental, là où tu laissais pénétrer si peu de gens. Tu décidais de tout, des voyages, des galeries, des restaurants, des programmes de télé. Je connaissais tout de ta vie, des gens que tu aimais, ceux avec qui tu travaillais, ceux de ta famille ; pas un instant tu ne fis irruption dans la mienne. Pour toi, je n'existais que par toi. Je suivais tous tes désirs, je t'accompagnais dans tes chutes. Sinon, tu me laissais totalement libre de faire ce que je voulais, de voir qui j'avais envie, à condition de ne pas être obligé de le partager si tu ne l'avais pas choisi.

Tu étais l'enfant-roi. Souvent, tu me disais en riant : « J'aurais préféré que tu écrives au fond de l'appartement, que tu ne sortes jamais. » Tu râlais quand j'allais dans les salons du livre. Tu répétais : « À quoi ça sert ? Ça paye même pas l'essence. » Toutes les heures, tu m'appelais : « Alors, t'en as vendu combien ? » Avec tes millions d'entrées dans les salles, évidemment… C'est à la sortie d'*Autoportrait* que tu compris la force et le pouvoir de l'écriture. C'est ce livre, je crois, qui t'avait rendu le plus fier. Il y a quinze jours, en rangeant des lettres avec Darius, nous avons découvert que tu avais gardé toutes celles de tes lecteurs.

Tu ne connus pas mon père, ou si peu. Tu ne le croisas qu'à deux ou trois reprises. Tu

me confias qu'il t'impressionnait. Sa passion de l'art rejoignait la tienne, mais son œil et ses goûts s'étaient arrêtés là où les tiens commençaient. De la Renaissance à Paul McCarthy, le chemin était vaste. J'aurai traversé auprès de vous toute l'histoire de l'art. C'est sans doute ma relation si particulière avec lui qui me permit d'arriver jusqu'à toi. Vous étiez semblables, à part le goût des femmes et celui de la fidélité.
Deux coffres-forts dont il fallait deviner les codes pour décrypter vos personnalités complexes. Cette passion pour la peinture, pour les objets, ce désir de posséder, de transmettre la force d'une œuvre d'un simple regard, de ne rien attendre pour tout recevoir. Vous aviez aussi tous deux perdu un fils de trente-trois ans. À travers Julien je retrouvais Louis, à travers toi, je poursuivais ce rapport étrange et silencieux qui me liait à Maurice.

Ce soir nous avons fini de post-synchroniser *Trésor*. Hier, Isabelle Nanty et Alain Chabat sont venus reprendre de courts passages de dialogue. Aujourd'hui, c'est Mathilde Seigner qui a refermé cette boucle. Nous approchons de la fin.
J'appréhende le moment où tout sera terminé, comme si la pellicule te gardait encore près de moi. Bientôt, seuls les souvenirs nous serviront de liens. Je ne pourrai plus te raconter ce que nous avons fait, comment François Gédigier a monté telle ou telle scène, les problèmes avec Pathé, ces petites anecdotes dont tu aimais tant que je te les décrive dans les moindres détails.

Tu riais rarement, mais ton sourire était la lumière. Ta mort est un abîme. Je te disais toujours, lorsque tu allais mal, que tu avais des idées noires : « Je reste au bord du gouffre pour te retenir. » Et que si la mort d'Anne-Marie et celle de Julien t'avaient fait sombrer tu ne m'entraînerais pas dans ta chute ; il fallait quelqu'un pour te retenir. Mais maintenant, c'est moi qui tombe et m'accroche à ces mots pour ne pas affronter le vide et me transformer en poussière. J'ai peur de basculer.

Nous nous sommes aimés tout de suite comme une évidence, comme si on se connaissait depuis toujours. En dehors du sujet de l'art, tu parlais très peu. Pour toi, ce qui n'appartenait pas à la peinture, à la sculpture ou à la photographie n'avait pas besoin des mots. Tu voulais t'extraire de la réalité, voyager uniquement à l'intérieur de la vision des artistes.

Tu voyais très peu de films, en tout cas durant les années où je partageai ta vie. Ce qui se passait à l'extérieur, tu le vivais par l'écran de la télé, dans laquelle tu t'absorbais le soir. Même pendant la pub, tu ne baissais pas le son. Cela me rendait folle. Je te répétais : « Tu ne peux pas mettre moins fort ? Là on pourrait parler. » Tu baissais alors légèrement le volume, je te posais trois questions auxquelles tu répondais vaguement, et tu remontais le son en me tendant la main. Si je ne te la serrais pas dans l'instant, tu fronçais les sourcils. Parfois, je n'en pouvais plus de passer du journal régional de France 3 au « Grand Journal » de Canal + puis au vingt heures de France 2, sauf lorsque, pour Claire Chazal, tu mettais la Une. Tu ne ratais jamais ses entretiens sur Pink TV, tout comme ceux de Frédéric Mitterrand que tu adorais. Avant Noël, tu nous avais laissées, Fanny Ardant et moi, au beau milieu du repas, parce que tu ne voulais pas rater le début de « Vie privée, vie publique ».

C'est souvent en écoutant les gens raconter leur vie que naissait l'envie d'en faire un

film. Un soir, en regardant une émission sur des hommes qui vont chercher le grand amour dans les pays de l'Est, tu commenças à écrire un scénario. Quelques jours après, tu apprenais qu'Isabelle Mergault commençait à tourner *Je vous trouve très beau.*
La vie des gens te passionnait, alors que tu semblais indifférent à ton entourage le plus proche. Tu avais du mal à décrocher ton téléphone pour prendre des nouvelles de ceux que tu aimais. Ils en souffraient. Combien me l'ont confié. Mais tu restais retranché derrière ta difficulté à exprimer tes émotions, comme si, surtout, tu t'en méfiais.

Tu disais toujours : « Si tu me quittes, j'en mourrai. » Et puis tu ajoutais en souriant : « Mais tu ne me quitteras jamais. » Et moi, maintenant que tu m'as quittée, qu'est-ce que je dois te dire ? Qu'est-ce que je dois faire ? Réponds-moi, je t'en prie.

Avancer dans le chagrin, malgré la lourdeur de l'air. Sentir la douleur de la perte. Traverser les turbulences de l'âme, sans radar, il fait nuit. Nous n'avons pas fini de n'être plus qu'un. C'est à l'intérieur de moi que je cherchais tes réponses. C'est dans les reflets de ton silence que je les trouvais.

Je te revois, à la fenêtre de ton bureau, rue Lincoln, me dire, en apercevant Émilie Dequenne traverser la cour avec son sac à dos : « C'est elle ! C'est Laure ! » Tu venais d'adapter le livre de Christian Oster, *Une femme de ménage* ; Jean-Pierre Bacri avait accepté de jouer le rôle de Jacques. Tu avais casté Émilie d'un simple coup d'œil. Un regard, un mot suffisaient pour que tu te décides, pour que tu saches si un comédien serait juste.
Tu me disais : « Ce n'est pas l'acteur qui fait le rôle, c'est le rôle qui fait l'acteur. » Tu l'avais senti pour Daniel Auteuil dans

Florette et *Manon*, pour Coluche dans *Tchao pantin*, pour tant d'autres. Dix minutes après, tu engageais Émilie.

Le début de ce tournage en Bretagne restera un de mes plus beaux souvenirs. Nous étions à Quiberon pour quatre semaines, il faisait beau, nous étions amoureux comme les personnages que tu mettais en scène. Je te regardais diriger ton plateau avec, sans doute pour la dernière fois, cette énergie qui, peu à peu, allait se dissoudre dans la tristesse insurmontable de la perte de Julien, mort un an plus tôt.
Au fil des semaines, imperceptiblement, tu perdis l'appétit, tu eus du mal à te lever. Tu te mis à ressentir des douleurs musculaires, des coups de barre. Insidieusement, lentement, tu avançais vers ta première dépression.
Les derniers jours, tourner était devenu un supplice. De retour à Paris, tu restas couché,

prostré durant plusieurs semaines. J'avais pourtant la certitude que mon amour pouvait te sauver, que tu allais t'en sortir. Les médecins essayèrent plusieurs antidépresseurs avant de finir par trouver celui qui, pour quelques mois, te laisserait un répit. Un matin, au réveil, tu me dis en te levant : « Ça y est ! C'est parti ! » Comme si le poids de la douleur avait disparu d'un coup. Tu dévorais à nouveau la vie, plus fort, plus intensément encore, comme après une longue peine. Le soir même, dans le salon, quatre grands dessins de Sempé étaient posés par terre.

J'appris, avec le temps, à te suivre dans tes cycles, guettant les signes annonciateurs d'une plongée plus profonde ou les prémices d'une remontée si violente qu'elle t'emportait au-delà, là où personne ne pouvait te suivre. Disparaître et réapparaître, mourir et renaître. Depuis que je t'attends, je te pose des questions. Je tente, jour après jour, de retrouver ton âme, absente et présente à la fois. À chaque instant, je me demande ce que tu ferais. Je tente de devenir une part de toi pour connaître tes pensées.

Savoir, en un éclair, ce qui est juste et ce qui ne l'est pas. Pourquoi ne posais-tu jamais de questions ? Était-ce, comme certains pouvaient le penser, une façon de marquer ton désintérêt à leur égard ; ou était-ce parce que tu ne voulais pas connaître les réponses, préférant te réfugier dans cet instinct qui te connectait aux choses, aux êtres, comme un animal ? Tout ce qui pouvait s'immiscer entre cet instinct et toi était immédiatement chassé, gommé, ignoré.

Tu es l'unique personne qu'il m'a été donné de connaître qui semblait dépourvue de tout inconscient, comme si la censure entre tes pulsions profondes et ce que tu faisais ou disais était inconcevable. Les choses semblaient remonter à la surface sans obstacle, sans détour, sans que tu puisses ou veuilles les contrôler. Tu n'avais pas besoin de savoir pour agir. La vie, la mort ont fait de même, tu n'as pas voulu savoir, prévoir, anticiper. Seul ton inconscient aurait pu te prévenir, car lui savait. Mais toi, tu restais sourd à son signal.

Je me cogne contre ce destin que tu avais construit autour de toi. Pourquoi n'as-tu rien voulu me dire ? J'étais pourtant dans ta bulle, dans ton être même, comme si j'étais toi, mais il est vrai que tu ne te parlais pas.

Il va bien falloir avancer sans éprouver la sensation que je t'abandonne. Tu m'as laissée sans le vouloir, et c'est à moi de continuer tant que j'en aurai la force, tant que quelque chose de plus puissant que la peine me projettera devant toi.

Il est plus d'une heure du matin. La pluie tombe sur les vitres de la salle de bain. Les miroirs ne me renvoient plus qu'une image éteinte. Je dépose en toi une part de moi-même. Je gis dans ta tombe. Sur ton cœur repose la première photo de nous, prise par Bettina dans son studio. J'imagine le papier glacé se fondre dans ta chair, comme ta présence, aujourd'hui, me recouvre.

J'écris pour avoir moins peur. Demain, à midi, à l'auditorium de Boulogne, nous montrerons la première copie de *Trésor* à Jérôme Seydoux et à tous ceux qui, chez Pathé, t'ont accompagné durant toutes ces années. J'ai ton absence dans la gorge. Je voudrais qu'à travers les images, ils sentent ta présence. Qu'ils te retrouvent dans la trame de la pellicule, moi qui ai eu sans cesse l'impression que tu glissais dans l'air.
Je voudrais qu'ils me disent que c'est bien de toi, que c'est ton film, un film de toi,

celui dont tu rêvais, que ton univers court au long des séquences. C'est la dernière fois qu'il y aura écrit : *Claude Berri présente*. Ce *Trésor*, tu me l'as transmis au quatrième jour de tournage, me laissant seule face à tes désirs, à mon chagrin.

Sur ta table de nuit, j'ai déposé le scénario, le plan de travail, les photos du journal de bord du tournage.

Il faudrait que j'ose tout raconter, tout expliquer, au risque de détruire. Reconstruire à ma manière. Te survivre sans que jamais me quitte le son de ta voix, à l'autre bout du fil :

— Où es-tu ? Que fais-tu ? Est-ce que tu penses à moi ? me demandais-tu dix fois par jour.
— Comment pourrais-je t'oublier ?

Je te répétais cette phrase inlassablement. Toi qui, ces dernières années, oubliais si souvent.

Lorsque tu me demandais de retrouver un nom et que je te répondais tout de suite, sans montrer la moindre impatience, je me disais que tu le faisais sans doute exprès, juste pour vérifier que j'étais bien là, que vivre au rythme de tes troubles ne m'avait pas lassée.

L'autre jour, Thomas, dans la voiture, m'a pris la main. Il me l'a tendue exactement comme tu le faisais, et cela m'a donné envie de pleurer. Tu me manques. Ta voix me manque. Ton visage aussi. Aujourd'hui, c'est le premier juillet, tu aurais eu soixante-quinze ans. Ce soir, je dîne avec Darius. *Trésor* est fini. J'ai été au bout de notre dernier rêve. Je voudrais m'endormir et te trouver à mon réveil.

Hier soir, j'ai rejoint Dominique Segall à la Fête du cinéma. Il est devenu, au fil du temps, quelqu'un d'essentiel à ma vie, aussi proche que peut l'être un frère. Tu partageais ce sentiment et lui confiais, depuis de nombreuses années, la sortie de tes films.

Avec la disparition des siens, on se recrée une famille. Tu réinventais la tienne au cinéma. Dominique m'a traînée à cette soirée. Frédéric Mitterrand recevait pour la première fois rue de Valois. Toi qui n'aimais ni les fêtes ni le monde tu y serais allé quand même, parce que tu aimais beaucoup Frédéric. Tu avais dévoré son livre *La Mauvaise Vie*, il t'avait impressionné par son audace, sa sincérité. Son intelligence et sa grâce te plaisaient, c'étaient les mots que tu employais pour parler de lui.

Je contemplais tous ces visages, ces regards qui cherchaient le tien, mais tu n'étais pas là. J'aurais voulu rester, je me suis enfuie, trop de gens, trop de bruit, trop de fête. J'ai marché le long des quais de Seine, je me suis assise sur un banc. Je repensais à cette soirée, au fait que tu n'avais jamais voté pour quiconque. Ton père était communiste, tu me l'as dit cent fois. Si tu avais donné ta voix à un parti, cela aurait été le parti communiste, comme ton père. C'est ta réussite qui t'empêchait de le faire, tu aurais trouvé cela étrange, mais voter à droite te semblait impossible, tu aurais eu le sentiment d'une trahison à l'égard des tiens. Le seul qui aurait pu avoir ton suffrage, c'était Bertrand Delanoë, que tu appréciais en tant qu'homme.

Tu aimais tellement Jean Renoir, cette émotion de n'avoir jamais rompu avec l'essentiel, celle que te procuraient une terrasse de guinguette, un bistrot au bord d'une rivière. Nous allions parfois nous baigner dans des coins retirés, çà et là. Tu fumais sous les arbres, en regardant le soleil descendre. Tu te plongeais dans la fraîcheur de l'eau à l'ombre des arbres. Tu écoutais le bruit des ruisseaux sur les cailloux. Voter à droite, non, ce n'était pas possible. Pourtant, tu aimais bien Nicolas Sarkozy. Tu l'avais connu lorsqu'il était maire de Neuilly, et accompagné dans sa traversée du désert, quand tu organisais pour lui des projections en avant-première rue Lincoln. Il y avait une certaine complicité entre vous. Tu aimais aussi Martine Aubry pour sa franchise, et Alain Bocquet pour sa simplicité.

Tu t'engageas, lors de la sortie de *Germinal*, pour une association d'aide à l'entreprise dans le Nord. Tu rejoignais par là tes racines, celles de ton père, prolongeant le plus possible cette relation interrompue trop tôt.

Cet été, nous aurions été en Corse. Tu rêvais de retrouver ta cabane sur la mer, là où, des heures durant, tu avais rempli les pages d'*Autoportrait*, et d'y écrire ton nouveau livre.

Dévorer le poisson cru préparé par Paul Rassam. Retrouver le rythme des jours, la douceur du vent. Tu m'avais demandé de refaire la salle de bain, avec une grande douche carrelée et un banc où tu aurais pu t'asseoir. Sortir des rituels où l'accident vasculaire t'avait enfermé. Ne plus être accroché aux minutes qui découpaient invariablement les journées. Retrouver en toi un peu de liberté, et surtout le désir d'aller à nouveau vers les autres, même s'ils étaient peu nombreux.

Je voudrais te prendre la main, t'emmener le long des sentiers bordés de lauriers et d'hortensias, caresser ta joue. « Tu piques ! » J'aimais te dire ces mots qui te faisaient rire. Alors je me blottissais dans tes bras et je n'avais plus peur. Tu me parlais si souvent de ton enfance, de la naissance d'Arlette ; tu avais dix ans. *La Première Fois* et *Le Cinéma de papa* restituent ce qu'était votre vie dans l'atelier de fourrure. Ta mère apparaissait peu dans tes récits et, lorsque je t'interrogeais sur cette discrétion, tu restais à demi silencieux. Seule Arlette pourrait lever ce mystère.

Tu recherchais plus volontiers la compagnie des hommes. Les femmes te semblaient trop mystérieuses, trop complexes. Tu étais très fidèle et, à part quelques amours de jeunesse, tu n'as eu que trois femmes essentielles dans ta vie. Tu me parlais souvent d'Anne-Marie, de sa beauté, son intelligence, sa chaleur, son charme, des dîners, des amis, de la vie qui était la vôtre avant sa maladie. Puis de Sylvie qui, par sa finesse, sa culture et sa profondeur, t'avait fait découvrir d'autres horizons. « Mon héroïne hitchcockienne », disais-tu en parlant d'elle. Je la croisais parfois, durant les années que nous avons partagées toi et moi, mais c'est sur ton lit d'hôpital, lorsque ton esprit était loin déjà, que je la découvris vraiment.

Elle me prit dans ses bras au moment où je sentis la terre s'entrouvrir, et sa présence m'aida à ne pas sombrer.

Mon lien avec Arlette, lui, remonte à notre rencontre. Tu me la présentas quelques mois après notre premier baiser. Tout de suite, je reconnus en elle une sœur. Son mariage avec Michel fut un moment de bonheur. Nous avions été à Romans, dans la Drôme. Je me souviens de cette soirée, et surtout de ta joie, de ta gaieté. C'est avec eux que nous avons passé notre dernier Noël. Le 31 décembre, à minuit, je montai dans notre chambre du Luberon. Tu dormais. Je m'allongeai contre toi et te pris dans mes bras. Dans un demi-sommeil, tu me dis :

— Cette année, nous serons heureux, je te le promets.

Tous les jours, j'ai des signes de toi. Est-ce moi qui les fabrique, ou est-ce ton âme qui m'accompagne ? Je voyage avec ton absence. C'est là où je me trouve, dans ce qui a disparu. J'habite un univers où plus rien n'existe. C'est de là que viennent mes pensées ; les mots se forment dans le néant de toi. Te retrouver dans une image, un tableau, une photographie. Suivre ta trace dans l'art, dans tes films, dans les œuvres que tu aimais. Me souvenir d'un fragment, d'un rendez-vous, d'une étreinte, de l'ombre ou de la lumière, des phrases que tu disais, de tes silences. De la manière dont tu voyais les choses. Regarder avec tes yeux. Sourire avec tes lèvres.

Claude Langmann, ce nom dont tu étais si fier. Claude Berri, un choix de jeunesse, parce que cela sonnait comme Maurice Chevalier ; Berel était ton deuxième prénom et tu en avais fait Berri, comme la rue de Paris.

Claude Langmann, enfant juif caché pendant la guerre sous le nom de Longet. Toi qui ne croyais pas en Dieu, qui ne pratiquais pas, tu aimais pourtant ces rituels religieux, comme ceux que nous retrouvions chez Angela et Pierre Assouline. Cela te replongeait dans tes origines ; la cuisine évoquait celle que te faisait ta mère, Betty, qui a aussi valu à Thomas ses plus beaux souvenirs d'enfance. Sans doute étais-tu si difficile sur la nourriture parce que rien n'était aussi bon que chez elle. Lorsque tu vivais entouré de l'amour de tes parents, à l'abri de tout. C'est cela, sans doute, que tu cherchas toujours. Ce regard posé sur toi. Cet amour-là.

Seul l'art nous faisait voyager. J'aurais adoré que, guidé par le simple bonheur d'être ensemble, tu m'emmènes vers des horizons lointains, explorer des pays inconnus, mais cela ne te ressemblait pas. Seule la découverte d'un nouvel artiste déclenchait cet élan en toi. Alors, il fallait partir sur-le-champ. Tu m'entraînais à sa poursuite sur des chemins initiatiques. J'absorbais ton émotion. Ton enthousiasme faisait apparaître sur ton visage l'enfant que tu avais dû être.

Je savais qu'une nouvelle histoire d'amour était en train d'éclore en voyant s'accumuler sur ta table des livres, des monographies, des documents divers, tout ce qui t'en apprendrait davantage sur cet artiste. C'était comme un besoin existentiel, une urgence. Tu tissais inlassablement le fil qui allait te permettre de te relier à lui. Chaque nouvelle découverte semblait t'attendre au sommet d'une montagne qu'il te fallait escalader pour le rejoindre. Tu me disais : « L'art, c'est la connaissance. » Lorsque tu en avais suffisamment appris, tu t'aventurais. Il fallait absolument rencontrer l'artiste, aller dans son atelier.

Tu étais saisi par l'impatience, des palpitations, tu devenais un chasseur de rêves. Je te suivais chez Thierry De Cordier à Ostende, chez Wim Delvoye à Gand. Tu étais prêt à tout dévorer, tout connaître. Marc Blondeau et Philippe Ségalot furent tes guides ; Rajan, Aurélia et Claudine tes compagnons de voyage, avec qui tu partageais ton jardin secret.

Dès que ta silhouette se faufilait dans les travées des foires de Bâle ou d'ailleurs, tu étais chez toi, dans cette famille qui t'avait adopté. Tu passais des heures à arpenter les allées, toujours à l'affût. Guetteur épiant le moindre signe, tu cherchais un indice, une information qui, tout à coup, te semblait stratégique, et qui te permettrait de franchir une étape dans l'acquisition d'une nouvelle œuvre.

Tu t'illuminais, hantant chaque jour des galeries, retrouvant la tienne, conçue par Jean Nouvel. C'était la troisième étape après huit ans au 7 rue de Lille, repris par Karl Lagerfeld, puis le 14-16 rue de Verneuil. Tu étais si fier d'évoquer les expositions que tu y avais organisées, partageant ta passion pour Ryman, Klein ou Raynaud.

Tu te rêvais marchand ou galeriste, pourtant, tu ne voulais rien vendre de ce que tu exposais. « Il me faudrait la fortune de François Pinault », disais-tu dans un éclat de rire. *Les murs sont contés* : tu avais pensé à ce titre pour un livre que tu voulais consacrer à ta collection. Dans ce domaine, il n'y avait pas de fin, juste des pauses, lorsque les jours se transformaient en nuits interminables. Je prenais ta température au mercure de tes achats, je mesurais ta fièvre, les mouvements de transe qui s'emparaient de toi.

Je t'imaginais chercheur d'or, allant jusqu'aux confins de l'Amérique, disparaissant, déshydraté, dans la Vallée de la mort, pour rejoindre une colline que le soleil faisait scintiller. J'y pensais en te voyant arpenter les rues de Londres, de New York, de Madrid, de Barcelone, jusqu'aux forêts de Giuseppe Penone où je m'endormais dans tes bras.

Après ton accident vasculaire cérébral, tu disais souvent un mot à la place d'un autre, comme un ordinateur déboussolé. Parfois, tu finissais même par rire d'une phrase qui t'avait échappé, exprimant des choses que tu n'aurais jamais osé dire. C'était drôle et, en même temps, mon cœur se serrait à en mourir. Tu avais eu l'idée d'en faire un film. Tu en parlas à Jamel Debbouze, mais le projet fut abandonné. Trop difficile sans doute à restituer au cinéma.
Souvent, je me demandais si tu ne jouais pas un peu avec ce trouble du langage, si tu ne te cachais pas derrière, pour prendre davantage de recul, pour disparaître aux autres, au monde. À certains moments, tu te mettais à parler parfaitement, d'une façon fluide. À d'autres, tu te renfermais dans ta coquille pour mieux te protéger et, lorsque je le soulignais, tu me regardais en souriant.

Tu avais fait de ce handicap un bouclier, un moyen d'échapper à ce qui te pesait. Peu de gens ont compté, quotidiennement, dans ta vie professionnelle, mais ils furent essentiels. Pierre Grunstein, Pierre Trémouille, Pierre Kauffer, ceux que tu nommais les trois pierres précieuses, et Jacques Tronel ; Claudine, Claire, Francine et Marie-Hélène, qui furent plus que des secrétaires ; et puis ceux qui te préparaient tes repas, moments rituels et sacrés de la journée. C'est Johanes qui aura enchanté tes derniers plaisirs, par sa culture, sa finesse et surtout son art du crumble que tu dévorais tout en râlant sur ton diabète. Et enfin, Rajan qui, en dix-huit ans, était devenu ton ombre, te conduisant le jour, la nuit, là où tu voulais, des plateaux de tournage aux galeries, participant à chaque moment de ta vie, partageant chacune de tes nombreuses facettes.

J'avais trouvé ma place au milieu de tout cela. J'étais là quand tu le désirais ; parfois, je me faufilais dehors pour te laisser seul, je partais écrire. Tu me disais que nous étions comme François Truffaut et Fanny Ardant, amoureux, attachés, mais libres de respirer.

Tu évoquais parfois le jeune homme possessif et jaloux que tu avais été, à l'époque où tu tournais *Le Mâle du siècle*. Tu disais que tu avais eu tort. Je vivais à tes heures, au pas de tes obsessions, à ton rythme, tout en gardant le mien, pour ne pas me faire manger crue par l'ogre qui, en toi, sommeillait. J'observais les mouvements de ton esprit, et seul le désir de te rendre heureux parvenait à me faire tenir lorsque tu chavirais. Je savais que ma présence adoucissait tes tourments, ta douleur.

Tu n'as pas réussi à faire le deuil de ton père, dont la disparition traverse toute ton œuvre. L'accident et la mort de Julien ont fait ressurgir ce que tu croyais avoir réussi à enfouir. Le chagrin remontait par moments comme un torrent, un déferlement de regrets et de doutes. Tu ne croyais pas à l'aide que pouvait t'apporter la psychanalyse, et puis, surtout, tu ne supportais pas d'attendre, pas même une minute. Ton inconscient restait muet, ou alors, peut-être, aussi étrange que cela paraisse, tu n'en avais pas. C'est souvent ce que je me disais en te regardant vivre.

Quelquefois, tu sentais que j'étais lasse, parce que t'aimer ne suffisait pas pour que tu ailles mieux. Tu me disais :

— Tu veux me quitter ?

Je te répondais que tu étais fou, que vivre sans toi m'était impossible. Alors, tu riais et me répondais :

— Un comme moi, tu trouveras pas, ça n'existe pas.

Tu avais tellement raison. Chacun est unique. Mais toi, tu l'étais encore plus que n'importe qui, un mélange de force et de fragilité, de douceur, de violence, de tendresse, d'indifférence, de présence absolue dans une absence qui pouvait rendre fou. Tu étais imprévu et maniaque à la fois, libre et attaché, sauvage et docile ; tu pouvais être si tendre et si dur parfois. Je te vivais comme un génie que rien n'arrête. Tu m'aimais. Et, chaque jour, cela me bouleversait.

Tu répétais sans cesse : « Tu ne pourrais pas vivre sans moi. » Alors, aujourd'hui, que dois-je faire ? Claude. Je trace les lettres de ton prénom pour que tu reviennes me chercher au creux de ces lignes. Claude. Écoute-moi. Claude. M'entends-tu ?
Combien de fois ai-je prononcé ces mots.

De *La Débandade* à *Ensemble, c'est tout*, jusqu'aux premiers jours de *Trésor*, je t'ai toujours vu si proche de ton équipe. C'était comme une famille qui t'entourait sur le plateau : Yvon, Fred, Bubu, Nanard, Cricri, ou Pascal et Momo, tes premiers assistants, réglaient tout pour que tu sois détendu. Ta complicité de longue date avec ta scripte, Hélène Sebillotte, m'enchantait ; vous vous chamailliez parfois comme deux gamins.
Tu savais exactement ce que tu voulais, de la lumière au jeu des acteurs. Tu regrettas toujours de ne pas faire le cadre, mais tu maîtrisais tout, ne laissant rien au hasard. Tu t'impatientais lorsque les choses n'allaient pas assez vite. Il y avait un mélange de concentration et de rire. Chacun semblait branché sur tes moindres désirs. Tu aimais les acteurs lorsque tu les mettais en scène, mais tu n'en voyais aucun en dehors du tournage, à part Yvan Attal et Charlotte

Gainsbourg, pour lesquels tu avais une profonde affection. Tu ne venais pas à la cantine, tu préférais déjeuner dans ton coin.

Le soir, nous allions dans la salle de projection de la rue Lincoln visionner les rushes en 35 millimètres. Tu discutais ensuite avec François Gédigier qui montait tes films. Tu avais pour lui une grande admiration. Puis nous rentrions dîner à la maison. Tu t'endormais devant la télé. Cela aussi te ramenait à l'enfance, au bonheur de te sentir protégé comme chez Betty et Roger, passage du Désir ou faubourg Poissonnière.

Arlette sait tout. C'est la seule mémoire qui reste de ton adolescence et de ta jeunesse. Vous dialoguerez par films interposés, lorsque pour répondre au *Cinéma de papa* elle écrira *À nos amours* réalisé par Maurice Pialat, dont elle partageait la vie. Deux visions bien différentes d'une même famille. Ton insouciance, ta légèreté avaient-elles déjà disparu ? Pourtant tu me parlais de ces années avec Anne-Marie comme des années heureuses. La reconnaissance, l'amour, le succès, la naissance de Julien et de Thomas.

Souvent, je te disais que les dix ans que nous avions partagés, je ne les aurais échangés contre aucuns autres, parce que même si ce furent ceux du chagrin, du deuil, de la dépression, de la maladie, j'ai vécu, avec toi, tant de moments riches, intenses. C'était moi que le destin avait mise à tes côtés pour traverser tout cela. Tu m'as tant appris, partageant ta vision de l'art, des êtres, de la vie, dans ce qu'elle a de plus beau, de plus cruel, de plus fort. C'est ce que tu m'as transmis, c'est avec ces images que je tente de te saisir.

Assise face à toi, ce jour-là, dans ton bureau, je n'osais rien dire. C'était notre premier rendez-vous. Pierre Hebey t'avait

appelé pour que tu acceptes de me recevoir. J'étais en train d'écrire mon premier livre, *L'Un pour l'autre*, une histoire d'amour entre une femme vivante et un homme disparu : Charles Denner, emporté peu de temps auparavant par un cancer de la gorge. J'étais sur la trace de tous ceux qui l'avaient connu. Par le récit de cet amour impossible, placé en équilibre entre la vie et la mort comme sur un fil, je poursuivais le souvenir qui me hantait, celui de mon frère Louis, mort dix ans auparavant d'un lymphome à grandes cellules.
La veille de cette première rencontre, j'avais appris que Julien venait d'avoir un accident et qu'il luttait à l'hôpital entre la vie et la mort. J'étais persuadée que tu annulerais le rendez-vous mais, sous le choc, tu n'y avais pas pensé, tu avais tout oublié, et je me trouvais là, devant toi, n'osant rien dire, tant le poids de ton désespoir rendait l'air aveugle. Nous restions, face à face, en silence.

Tu me laissais te regarder sans cacher ton chagrin, comme si ma place était là, près de toi, au moment où le destin te frappait le plus violemment.
Tu me regardas, et les larmes se mirent à couler. Tu prononças le prénom de Julien à voix basse, puis quelques mots que je ne compris pas. Tu attendais un appel qui t'annoncerait ce que tu ne pouvais entendre. D'un pas incertain, tu me raccompagnas à la porte, comme si ta vie était en train de chavirer, que le sol se dérobait sous tes pas. Une heure plus tard, je te fis porter ce petit mot : « Si vous avez besoin de moi… » Tu pris mon numéro dans le carnet de Francine. À 17 heures, je te retrouvai au bar du Bristol. Sans un mot, tu te levas. Tu me pris dans tes bras et m'embrassas. Je compris que ma vie basculait avec la tienne, dans laquelle j'entrai à tâtons, à cette seconde, pour ne plus jamais en sortir. Comme si Louis et Julien, livrés au même âge à la mort, étaient

venus nous chercher pour nous réunir. Nous ne pouvions plus nous séparer, tu m'emmenas dîner chez Tong Yen. J'avais la sensation de te connaître depuis toujours, comme si on se retrouvait après un siècle de sommeil. Je pressentais déjà ce qui allait se passer, comme dans ces rêves qui reviennent souvent.

Quelques années après, je découvris la manière dont tu avais vécu notre rencontre dans *Autoportrait*, puis dans son adaptation à l'écran, où tu exprimais, selon ton habitude, ce que tu ne pouvais dire avec la parole. Le reste, la suite, nous appartenait. Chacun fit ce qu'il sentait, mais je savais que, à l'image des contes, seule la mort pourrait nous séparer. Et pourtant, aujourd'hui encore, je flotte entre deux mondes. Comme à l'instant de notre rencontre, je reste accrochée à ton cœur enfoui.

Tu dois être avec Anne-Marie, Julien, Betty et Roger. C'est à cela que je pense lorsque je sombre, lorsque la nuit est si dense, si noire, que je ne sais plus à qui parler.

Tu évoquais peu tes films, un peu plus ceux que tu avais produits avec Roman Polanski, Patrice Chéreau, Milos Forman, Jean-Jacques Annaud ou Costa-Gavras ; ils avaient partagé avec toi des moments forts. De toute façon, tu préférais l'action aux longs discours, Artmedia, l'ARP, Les Films de ma vie et la Cinémathèque dont tu fus président, t'avaient laissé, ces dernières années, un sentiment de lassitude.

Tu allais peu au cinéma, deux à trois fois par an. Tu aimais me raconter que Barbra Streisand t'avait proposé de produire *Yentl*, mais tu ne parlais pas anglais et, à part New York et ses galeries, l'Amérique ne te tentait pas vraiment. L'art contemporain restait ta seule et véritable obsession. Lui seul te tenait à l'écart du monde, jusqu'à la disparition totale du réel et des figures dans les images. Dans l'abstraction, tu cherchais à te protéger des restes de la présence cinématographique. Tu préférais la lumière plus radicale de Ryman. Vivre avec toi, c'était partager cette passion. Elle existait en moi aussi, depuis toujours mais d'une autre façon.

Avec l'art, nous partions toujours à l'aventure. Nous avions commencé une collection de photographies : Ubac, Brassaï, Bellmer, Man Ray, Steichen et tant d'autres. Tu avais tout absorbé en quelques années. Une exposition de la collection eut lieu à Arles, qui surprit tous les amateurs. De cela aussi tu te lassas ; les photos furent dispersées chez Christie's. Tu préférais désormais les photographes vivants, en particulier Sugimoto. Tu retrouvais dans ses mers le blanc et le noir des peintres que tu aimais. Mais aussi

Cindy Sherman, Louise Lawler, Stéphane Couturier ou Luc Delahaye.

Tu allais presque tous les jours chez Bernard qui dirigeait la galerie Polaris ou chez Marian Goodman, Nathalie Obadia, Catherine Thieck. Dans ton bureau, tu avais accroché des œuvres des Becher. Sur les murs, tout changeait, sans cesse. Tu appelais Enesse pour qu'il t'aide à faire les accrochages.

Ton dernier achat, peu avant Noël, fut une sculpture de Muñoz représentant un personnage en bronze, un Chinois hilare revêtu d'un costume plissé, brandissant une lance. Tu rêvais depuis longtemps d'acquérir une de ses œuvres, mais elles étaient rares : il s'était suicidé à l'âge de quarante-huit ans. Lorsque je la regarde, aujourd'hui, je crois que c'est ainsi que tu te vivais, ces derniers temps : conquérant au large sourire, tu étais le héros de ton épopée, tellement plus gai qu'avant, tu semblais ne plus te soucier des troubles qui avaient peu à peu ralenti tes pas. Tu étais devenu indifférent à la lenteur de ton rythme, même ton impatience avait disparu. Toi qui semais tout le monde par ton incapacité à l'inaction, tu feignais d'oublier le temps qui passe. Tu débordais de projets, comme si la mort ne pouvait que t'ignorer, toi qui faisais mine de ne pas y penser. Lorsque, inquiète du nombre d'heures de sommeil dans lesquelles tu t'enfonçais, j'essayais doucement de te réveiller, tu me disais : « Laisse-moi, mon amour. Laisse-moi, je suis bien. » Je voudrais que tu dormes encore près de moi, je voudrais juste te voir sans te réveiller, je voudrais que tu sois là.

Peu de temps après notre rencontre, tu me présentas Julien. Il était en réanimation à La Pitié-Salpêtrière. La trachéotomie qu'il avait subie ne lui permettait pas encore de parler.

Quelques minutes après, tu sortis de la chambre, nous laissant seuls. Je n'oublierai jamais son premier sourire. J'avais l'impression de voir un ange à qui on venait de couper les ailes. Il me tendit la main. Je la pris. Nous sommes restés un long moment à nous regarder, sans parler. Je me suis installée sur une chaise, face à lui, retrouvant à cet instant les sensations quotidiennes des heures passées auprès de Louis, la dernière année de sa vie.

Je regardais Julien. Il attendait que je lui parle. Je lui racontai notre rencontre. Je revins ainsi chaque jour lui rendre visite. Après quelques semaines, il partit dans son premier centre de rééducation, à La Châtaigneraie, près de Paris. Je faisais des allers-retours. Je l'aimais, en dehors de nous. Petit à petit, il recommença à parler. Il me racontait son enfance, sa passion pour sa mère, Anne-Marie, morte un an auparavant, une mort qui le hantait. Il évoquait son ambition

de devenir acteur. Il avait tourné dans *La Reine Margot*, et Bruno Nuytten lui avait donné un rôle magnifique dans *Albert souffre*.
Il vivait suspendu entre ciel et terre, plongeant dans les ténèbres au gré des jours. J'allais le voir avec Arlette. Elle restait dans sa chambre des journées entières, à essayer de le faire manger. De centres en centres, la descente aux enfers se poursuivait. Mais des liens profonds s'étaient tissés entre nous. J'avais retrouvé en Julien le frère que j'avais perdu.
C'était un être à part, comme venu d'ailleurs, égaré sur cette terre, dans ce monde auquel il n'était pas destiné et qui ne lui ressemblait en rien. Sa grâce fragile, son intelligence aiguë l'entraînaient dans les labyrinthes de ses angoisses. Tout l'appelait à repartir dans cet autre monde dont il semblait avoir chuté. Il employait sa vie à la détruire, s'exilant dans des sphères inaccessibles, rêvant d'un absolu impossible à atteindre.

Lorsque Julien put enfin sortir de rééducation, il s'installa rue de la Cerisaie. C'est là que je fis la connaissance de Fred, qui s'occupa de lui jusqu'à la fin, nouant avec moi un lien qui demeure aujourd'hui. Seul Fred pouvait tenir au quotidien. Julien avait perdu l'usage de ses jambes et son état exigeait des soins constants.

Julien veillait sur nous comme un ange gardien. Nos deux premières années se construisirent ainsi, dans les méandres de ce drame, tissant sa trame de fils blancs et noirs. Je passais plus de temps avec lui qu'avec toi. Mais c'était par lui que s'approfondissait notre lien. Dans ce face à face j'avais retrouvé Louis, cette complicité entre nous était comme une évidence ancienne, bien plus ancienne que les quelques mois où j'eus la chance de croiser sa route. Je pense à lui chaque jour. Il me manque, et vos deux absences parfois se fondent. Souvent, je te disais : « Être aussi malheureux ne ramènera pas Julien. » Si seulement vous pouviez désormais être ensemble, paisibles enfin.

Hier soir, Thomas m'a appelée. Je l'ai écouté me raconter ses projets. Il déborde d'énergie et d'invention. Il éprouve pour le cinéma la même boulimie que celle que tu devais avoir à son âge. Il te ressemble en beaucoup de points. Même silhouette, même démarche, même regard. Darius est beau comme un héros romantique. Lui aussi te ressemble, il a ton goût pour l'art, il s'intéresse à la philosophie, se passionne pour la littérature, le cinéma. Sensible, je le sens attentif à tout ce qui t'entoure. J'aime retrouver, à travers eux, ce qui était présent chez toi.

Parfois je vois Lou, ta petite-fille. Je passe un moment avec elle en compagnie de Frédérique, sa maman. Thomas nous l'a présentée un soir ; ils marchaient tous les deux, main dans la main. Nous les attendions assis à une terrasse. Thomas était rayonnant. Frédérique est belle. Depuis que tu es parti, nous parlons beaucoup de toi. Elle m'appelle souvent le soir pour prendre de mes nouvelles. Lou a été très frappée par ta disparition. Malgré ses sept ans, elle me demande sans cesse où tu es. Elle me montre des photographies de toi. « Et celle-là, tu la connais ? », me dit-elle de sa voix cristalline. Lou regarde *Le Maître d'école* en boucle, elle le connaît par cœur. « Papy est au ciel », lui dit Thomas. « Papy est au ciel », répète-t-elle inlassablement. Je crois que c'est vrai. Je ne sais pas si c'est au ciel ou si c'est ailleurs, mais tu es là, en chacun de nous.

Les jours passent, le temps file, mais ta présence ne s'éloigne pas. Manu, qui travaille avec Thomas, m'envoie les projets de bandes-annonces pour *Trésor.* Aujourd'hui, Laurent Lufroy fait des photos de Mathilde et d'Alain pour l'affiche.

L'été avance. J'ai toujours autant de mal lorsque le téléphone sonne et que ce n'est pas ta voix à l'autre bout du fil. La musique de tes mots me manque. Ton timbre, qui avait changé avec les années et les Lucky Strike sans filtre que Christian et Raphaël te ramenaient d'Amérique. C'est chez eux, dans leur galerie de meubles art-déco, rue de Seine, que nous avons abrité nos premiers baisers, sur un vieux canapé si cher que personne n'en voulait. On s'embrassait dans l'arrière-boutique comme deux adolescents. C'est chez eux que l'on pouvait rire, malgré les drames, les ruptures que notre amour fou provoquait. Tu t'en voulais, et moi aussi, mais quelque chose de plus fort nous liait l'un à l'autre. Le temps a passé. La mort a tout emporté, Julien et toi désormais.

À aucun moment tu ne vins dans mon univers. Tu aimais les quelques amis que je t'avais présentés, mais tu ne t'impliquais pas dans ce qui était ma vie. Jamais tu ne me posas de questions sur ma mère, mon frère, les gens qui avaient compté pour moi, comme si mon passé, ce que j'avais vécu avant de te rencontrer ou ce que je pouvais faire en dehors de toi n'existait pas. Pour toi, je n'étais venue au monde qu'à l'instant de notre rencontre, et tout ce que je vivais sans toi n'avait pas lieu d'être.

Quand je sortais un nouveau livre, tu t'inquiétais : serais-je obligée de faire des signatures en province, des émissions de télé ou de radio allaient-elles nous éloigner ? Pourtant, jeune homme, tu me l'avais confié, tu rêvais d'avoir une femme écrivain. Mais tu refusais que je t'échappe, en aucune manière. Et aujourd'hui, c'est toi qui m'échappes. Je n'ai pas eu le temps de m'y préparer, ni même d'y penser, car tout en toi repoussait ce moment. C'était juste inconcevable.

Dans le corbillard qui se dirige vers le cimetière de Bagneux, là où tes parents sont enterrés, j'ai l'impression que mon cœur, à son tour, va s'arrêter de battre. Te savoir encore si près de moi, et pourtant si loin déjà, me donne la sensation de ma propre mort. Je ferme les yeux et me dis : « Voilà, si ma vie s'arrêtait là, je ne serais pas obligée de descendre de ce fourgon, je n'aurais pas à vivre tout ce qui m'attend, maintenant que tu n'es plus là. »

Vivre tes obsèques. Je ne pouvais l'imaginer. C'était sans doute aussi parce que nous avions pris l'habitude d'avancer au jour le jour, selon les saisons ou les mouvements que nous imprimaient tes états d'âme. En ce jour, qui ne pouvait pas exister, je marchais, serrant la main de Darius et celle de Thomas, auprès d'Arlette et de Sylvie, dans un brouillard si opaque que tout me semblait gris, comme dans un vieux film en noir et blanc. Je ne voyais plus rien. Je ne regardais pas les gens. Tous ceux qui avaient traversé ta vie, un instant, un moment, ou bien davantage. La plupart d'entre eux n'appartenaient pas à notre histoire. Ils faisaient partie de ton passé, celui d'avant l'accident de Julien, d'avant notre rencontre. Les autres, les très proches, étaient si malheureux, qu'il me semblait impossible de leur venir en aide. Je ne savais pas moi-même comment tenir debout.

Le soir, je rentrai à la maison. Dans la cour, Rabia m'attendait devant sa loge. Elle vint se blottir dans mes bras. À l'étage il y avait beaucoup de monde. Très peu avaient pris de tes nouvelles pendant ces années de souffrance. Peut-être n'osaient-ils pas le faire. La nuit qui vint fut la plus sombre de ma vie, mais j'avais si peur de voir le jour se lever. Si peur de ce qui m'attendait sans toi. C'était un jeudi. Le lendemain de ce 15 janvier, j'étais à l'heure sur le plateau de *Trésor*. Dans un appartement près de la Bastille, toute ton équipe était là, dévastée de tristesse. Alain Chabat, avec qui tu avais fait *Didier*, *Gazon maudit* et *Astérix mission Cléopâtre*, Mathilde Seigner, tous étaient livides. C'est dans le salon où plusieurs scènes du film avaient été tournées que nous nous sommes réunis, Nicole Firn, François Dupeyron, Agnès Godard, Hélène Sebillotte et moi. Il n'y eut pas un instant d'hésitation. Nous avions tous l'absolue certitude qu'il fallait continuer, qu'il fallait rester dans ta lumière, te rendre tout ce que tu nous avais montré, appris, donné. Je gardais gravé dans ma mémoire le regard que tu avais eu, quelques jours après l'accident de Julien, lorsque tu m'emmenas sur le tournage de *La Débandade*, que tu avais malgré tout décidé de démarrer le jour dit, et que tu me murmuras, avant de commencer :

— Le travail est le seul remède.

Tu avais raison.

Personne n'osait s'asseoir dans ton fauteuil de metteur en scène. Nous étions autour du combo, près de Rajan ; il n'y avait pas d'autre place possible. Je plongeai dans le film, attentive à chaque plan, à chaque prise, à chaque « allez-y » de François qui ne voulait pas dire « moteur » et qui se glissa dans tes idées avec tant d'authenticité et d'élégance. Alain était concentré, comme s'il te restituait, à chaque phrase du dialogue, l'amour que tu lui portais. Mathilde, qui ne t'avait connu que quelques jours, était notre soleil, riant, chantant, transmettant toute son énergie au long des semaines ; elle était comme un pilier soutenant l'édifice, qui parfois tremblait. Ce fut, pour chacun d'entre nous, une expérience unique, un tournage hors du temps, avec, sans cesse, ton image, ta voix, ta présence qui nous étreignaient et nous guidaient.

C'était souvent de la gaieté qui se cachait derrière ton visage sombre. Combien de fois m'as-tu dit : « Je m'amuse, mais cela ne se voit pas. » Était-ce pour te protéger des autres, les tenir à distance, que tu portais comme une armure ce masque feignant la tristesse ou l'impatience ? Souvent, lorsque je te regardais agir avec les gens, je savais que c'était un jeu. Ta légèreté profonde était venue se nicher là, dans ce goût puissant pour la comédie. Ta première vocation fut d'être comédien, « faire l'acteur », disais-tu. De cours de théâtre en petits rôles, tu rejoignais le rêve de ton père : faire du cinéma. Mais ta carrière ne décollait pas. Tu décidas alors d'écrire des rôles faits sur mesure pour toi, de te mettre en scène, de donner enfin les cartes. Après le succès du *Vieil Homme et l'Enfant* tu continuas à raconter ta vie à travers chacun de tes films. Claude Berri retrouvait Claude Langmann, ce nom que tu regrettais tant d'avoir abandonné. Comme l'Antoine Doinel de Truffaut, Claude Langmann avait sa propre vie, celle que tu lui donnais. Tu disais que c'était magique, que l'on pouvait vivre ainsi tout ce que la vie vous refusait.

Grâce à toi, ton père, lui aussi, avait réalisé son rêve. Il tourna comme comédien à deux reprises, avec Jean Herman et Henri Graziani. Lorsque tu écrivis *Le Cinéma de papa*, il ne t'avait pas attendu, la mort l'avait emporté de façon fulgurante. Ton rêve le plus intense venait de se briser : tourner avec lui, chacun dans son rôle, toi celui du fils, lui celui du père. Qui pourrait lui ressembler ? Tu cherchas sans relâche. Charles Denner, qui

avait pris ses traits dans *Le Vieil Homme* et *La Première Fois* aux côtés d'Alain Cohen, qui te représentait enfant puis adolescent, était trop jeune. Raymond Devos refusa. Arlette me racontait que Maurice Pialat t'avait suggéré d'engager Peter Ustinov, mais il te semblait trop éloigné de l'image paternelle. Finalement, tu engageas Yves Robert. Il fallait à tout prix que ce film existe pour raconter votre amour. Dévoiler, restituer votre joie de vivre, ensemble, dans l'atelier. Ce lien qui s'était rompu d'une façon déchirante te laissait orphelin à vie.
À partir de ce jour tu revêtis un masque et le portas comme l'étendard d'un deuil éternel. Cette première mort t'empêcha en partie de vivre. Julien emportera le reste. C'est cette absence-là qui fera de toi l'absent à tes enfants. Tu te laissas pousser la barbe pour ressembler davantage à ton père, pour te fondre dans son visage. Je repense à cette photo de lui, que Thomas glissa dans ton

cercueil avant que la terre ne te recouvre à ses côtés. La première fois que je la vis, je te demandai si c'était le portrait de Trotsky. « C'est mon père », me répondis-tu, des larmes dans les yeux. C'était il y a dix ans, le deuil était encore si vivant en toi.

Ta joie, ta tristesse étaient toujours emportées par le désir. Un désir souverain. Il était ton seul maître. Tu aimais me dire que le nom de l'endroit où tu étais né : passage du Désir, avait scellé ton destin, et tu ajoutais : « Du désir, j'en ai eu. » Cette phrase, dite au passé, redevenait présente dès que tu allais bien. Le désir ressurgissait plus fort et emportait tout le reste, ne laissant aucun répit ni à toi ni aux autres.
Les pulsions, les envies, les engagements se multipliaient. Faire, écrire, produire, acheter, construire, aimer, ton désir te dictait sa loi. Je comprends, en écrivant, que ce désir d'amour, tu me l'as offert, sans

retenue, sans concession. Cette volonté, dès lors, m'appartenait de façon indélébile. Tes désirs étaient des ordres et s'y opposer n'avait pas lieu d'être.

Tu étais si différent, si singulier et ce besoin, si impérieux que personne n'osait t'affronter. Pour la plupart, le désir correspond à un manque. On rêve de poursuivre des chimères, de faire ce qui est interdit, d'obtenir ce que l'on ne peut posséder avec, en suspension, comme un goût de péché. Chez toi, c'était l'inverse. Ton énergie se déployait avec une puissance telle que rien ni personne ne pouvait l'arrêter. Tu filais droit vers ton but, sans arrière-pensée, sans retenue. Là était ta différence. Pas l'ombre d'un tabou. Tes désirs étaient innocents. Lorsque tu avais envie de te montrer, rien ne pouvait t'en empêcher. Comme si ta vérité l'emportait sur tout le reste. Tu soulevais ton imperméable en montant les marches dans *Stan the Flasher*, tu te mettais à nu dans *Sex Shop*, tu t'affichais sur tous les murs de Paris dans *La Débandade.* Tu pouvais acquérir une œuvre à n'importe quel prix si tu la désirais, décider de produire *L'Ours* sur un échange de quelques instants avec Jean-Jacques Annaud, fumer à L'Ami Louis, te lever de table si tu t'ennuyais.

Il y a quelques mois, je découvris qu'une jeune photographe t'avait proposé de poser nu pour une exposition. Toi, dans le plus simple appareil, sous toutes les coutures, accroché en grand format aux cimaises d'une galerie. Tu envisageais de donner ces images à *Beaux Arts Magazine* pour en faire une couverture. J'étais désarmée, je te suppliais de renoncer. Et, pour une fois, c'est moi qui l'emportai. Tu aimais, je crois, sentir le regard des autres se poser sur ta nudité comme lorsque, des jours entiers, en Corse, à Saint-Florent, tu écrivais, les fesses à l'air, assis sur ton banc de pierre, sous les cannisses, face à la mer. Là, sur le chemin des douaniers, où passaient les promeneurs du littoral, qui n'en croyaient pas leurs yeux.

Lorsqu'à mon tour j'étais dans tes bras, que ton regard se posait sur moi, je comprenais que cette vérité, c'était d'abord celle des sentiments et je me sentais invincible. Face au néant des jours, lorsque ton désir prenait le large, laissant place au vide, nous faisions des voyages immobiles, tu restais des jours entiers sans parler. « Chante-moi une chanson », me disais-tu. Je te fredonnais celle de la recette du gâteau d'amour dans *Peau d'âne*, et tu me souriais.

Le moment était venu, pour nos corps, de se séparer, pour moi, de te mettre les vêtements dans lesquels tu allais me quitter pour toujours : ta veste bleu nuit, ton pantalon gris, une chemise blanche.

Épinglée sur le revers, ta Légion d'honneur, celle qui, comme tu le disais, aurait tant fait plaisir à ton père.

Au cours de ces trois jours où tu reposas immobile sur le lit, exposé au regard de tous ces gens qui allaient et venaient dans l'appartement, ta métamorphose, par leur seule présence, prenait une forme inconnue. Tu restais celui que j'aimais et, dans le même temps, tu rejoignais celui qui leur appartenait, et que je ne connaissais pas, alors que, en dix ans, nous n'avions pratiquement vu personne. Tu entrais dans la légende du 7e art. Ceux qui venaient te rendre une dernière visite s'asseyaient dans le grand fauteuil blanc face à ton lit, d'autres restaient debout, tous me racontaient, en pleurant, ce que vous aviez vécu.

Gérard Depardieu s'allongea près de toi et te parla doucement de vos souvenirs, de vos éclats de rire, de *Jean de Florette*, de *Manon des sources*. Roger Dumas resta un long moment auprès de Thomas et Darius, leur racontant votre jeunesse. Alain Cohen sanglotait, ta main dans la sienne. Il me raconta à quel point tu avais changé son destin, comme celui de tous ceux qui défilaient. Chacun le ressentait à sa manière ; Pierre Grunstein, Pierre Trémouille, Richard Pezet, Jacques Tronel, Jean-Claude Bordes, Bertrand de Labbey me bouleversaient. Yvan Attal, Charlotte, Isabelle Nanty, Noémie Lvovsky, Gérard Moulévrier et Dominique Besnehard semblaient orphelins.

Toi qui avais emporté ma vie dans la tienne, tu me laissais, à cet instant, ta vision des êtres et du monde. J'aurais voulu te garder là dans cette chambre et que plus rien ne bouge. Je serais venue te rejoindre et, comme tous les jours, je t'aurais raconté ce qui se passait au-dehors. Arlette et Michel dormiraient dans la chambre, en bas. Darius et Thomas viendraient nous raconter leur vie. Lou embrasserait ton visage. Je découvrais

à quel point je refusais ce qui venait d'arriver. L'instant de ta mort me laissait suspendue dans le temps, écoutant sans rien entendre, regardant sans rien voir.
Dominique Segall tentait d'endiguer les flots d'hommages, de gérer les demandes et de faire barrage. Je restais enfermée avec toi, incapable de bouger, à essayer de comprendre, de rendre réel ce qui venait d'arriver. J'avais peur de sortir de cette chambre, d'ouvrir cette porte derrière laquelle tout s'agitait. Trop de bruit. Trop de monde. Là où, très peu de temps auparavant, à part la famille, personne ou presque ne venait, où le silence régnait dans l'air et sur les murs.

Je t'imaginais descendre l'escalier étroit qui menait à la salle à manger et me dire en grognant : « Mais qu'est-ce que font tous ces gens ? » Ils viennent te voir, mais autrement ; j'aurais tellement préféré que certains le fassent lorsque tu étais en vie. Je savais, pourtant, que tu n'étais plus là, qu'un autre avait pris ta place. Mais pour moi, pour tous ceux qui te connaissaient intimement et qui t'aimaient, tu demeurais en chacun d'entre nous. Je ne pouvais ni lire un article sur toi ni allumer la télé, tout ce qui te renvoyait au passé me semblait insupportable. Je m'emmurai à cet instant dans nos souvenirs, pour faire vivre, au présent, ta voix, ton visage, ton sourire quand tu me regardais. Il fallait que tu vives en moi, que je te garde, sinon tout s'effondrait.

À vouloir n'être qu'un animal, à fuir tout ce qui aurait pu t'en éloigner, tu avais fini par développer un instinct sans commune mesure. Il ne s'exerçait pas comme un surmoi ordinaire, se passant des atours de la culture, dont tu te méfiais. Cet instinct te mettait à l'abri de tout complexe et faisait de toi une sorte de prédateur à l'affût qui avait trouvé dans l'abstraction sa tanière et dans l'art contemporain son terrain de chasse.

Depuis ta première acquisition, une petite toile de Marembert, qu'on t'avait volée et dont tu parlais avec nostalgie, jusqu'à l'ultime achat de la sculpture de Muñoz, ce furent trente ans d'une passion dévorante. L'art était devenu ta raison d'être, il avait balayé ce fameux échec à ton certificat d'études qui donna une des scènes les plus drôles et les plus émouvantes de ton film *Le Cinéma de papa*. Toi qui avais préféré abandonner ta scolarité avant le bac, tu l'as finalement poursuivie toute ta vie. Tel un chercheur de trésor, tu trouvais ton Graal dans les reflets colorés d'une toile blanche. Cette culture dont tu rêvais, tu la repéras chez les artistes que tu admirais. Nos plus belles balades furent chez Beyeler à Bâle, où, dans son bureau, il te montra un Mondrian, devant lequel tu restas ébloui.

Nos déjeuners avec Claudia, sa collaboratrice, dans le petit café en face de la galerie, à parler sans relâche de tes nouvelles pièces et de celles que tu convoitais. Ce dernier dîner avec Leo Castelli, à qui tu vouais une sorte de culte, dans votre restaurant italien préféré de New York. La découverte de Sugimoto, auprès d'Antonio, à la galerie Sonnabend. Ces moments privilégiés auprès de Ryman, en compagnie de Marc Blondeau, ou encore cet instant, à Londres, dans la galerie Nahmad, où montait en toi le désir irrépressible d'acheter une toile de Miro au visage de chat.

Déambulant de la biennale de Paris à celle de Venise, de la foire de Bâle à Zurich, tu découvrais des Brassaï, des photographies grand format de Hans Bellmer en compagnie de Marcel Fleiss ou de Sylviane de Decker, et tant d'autres. Les œuvres d'art étaient tes lettres de noblesse et les galeries ton royaume ; c'était ta seule gloire. Je m'étonnais toujours que tu n'évoques que rarement tes immenses succès cinématographiques. Les millions d'entrées de *Tchao pantin*, de *Florette*, de *Manon*, de *Germinal*, tes exploits de producteur, *L'Ours*, *L'Amant*, *Astérix*, les *Ch'tis*. Face à tous ceux qui t'en parlaient tu restais lapidaire ; je sentais en toi une sorte de gêne, une forme de modestie profonde. Tu n'en retirais aucun mérite, aucune fierté, comme si ces succès appartenaient à un autre.

Ce que tu aimais plus que tout, c'était raconter tes sept Ryman. « Ce sont les plus beaux du monde », disais-tu avec un sourire triomphant. « J'ai Morandi, Klein, Bacon, Fontana ! » Parfois, quand tu te lançais dans ta longue liste à la Prévert, cela m'embarrassait. J'avais envie de t'arrêter, comme on le ferait avec un enfant qui étale ses richesses devant ses camarades. Ta fierté, c'était aussi le défi de découvrir, de sentir avant les autres le destin d'une œuvre, de la voir prendre de la valeur, grandir, comme un enfant que tu aurais adopté et que tu chérirais. Tu n'étais pas un spéculateur. Le lien que tu entretenais avec l'art ressemblait plutôt à une relation amoureuse détachée de toute valeur. L'argent n'était là que pour en acquérir d'autres, pour assouvir une nouvelle pulsion. Tel Don Juan, tu semblais attirer chez toi les objets, les photos, les tableaux, les dessins. Comme pour lui, le désir de posséder était sans limites. C'était ton seul moteur et l'instinct ta seule arme.

Lorsqu'une œuvre convoitée t'échappait, comme cette immense tête de mort de Suboh Gupta, pour laquelle, au petit matin d'une nuit blanche à Paris, François Pinault avait été le plus rapide, tu restais abattu durant plusieurs jours, comme frappé par un terrible chagrin d'amour.
Ta boulimie devenait parfois si intense que je n'arrivais pas à te suivre. Je te disais que

c'était fou, que c'était trop, que tu ne prenais pas assez de temps pour réfléchir à ce que tu achetais. Tu me disais : « Je vais bien. Laisse-moi. C'est mon bonheur. » « … Avec toi », ajoutais-tu avec un clin d'œil malicieux. Parfois, j'aurais voulu que tu ralentisses, que nous puissions juste nous promener, goûter le plaisir de l'instant, mais ta passion était violente et dominatrice.
L'automne dernier, Alfred Pacquement, le directeur du Musée national d'art moderne, organisa pour un groupe de conservateurs de musées la visite de ta collection. Lorsque le soir je te demandai comment cela s'était passé, tu me répondis, fou de joie : « Ils ont été sur le cul ! » Dans ces moments, je regardais s'éloigner l'enfant du faubourg Poissonnière. Par la seule force de ton œil, tu devenais tout-puissant, et c'est par la force de ton travail que tu accédais à la culture, plongé dans des livres des heures durant, seul.

Le soir, avant de monter dans notre chambre, tu passais toujours par le salon pour voir la lumière des saisons se refléter sur les grandes surfaces blanches de Ryman. Alors seulement, tu pouvais t'endormir en imaginant tout ce qui te restait à connaître.

Tant de choses ont été dites, tant d'articles te sont consacrés. Tous ceux qui t'ont aimé pourraient faire un portrait de toi, mais pour te connaître vraiment, il fallait vivre à tes côtés, partager ta perception animale des êtres. Jamais je ne t'ai entendu porter le moindre jugement sur quelqu'un, dire du mal de quiconque. Tu sentais l'autre de manière brute, et si tu te mettais à l'aimer, tu le croquais en un instant, l'attirant par la fascination que tu exerçais malgré toi.

Comprendre les êtres humains, dans leurs moindres détails, te paraissait trop compliqué, trop lourd. La seule façon d'être avec toi était de te suivre sans réserve. Il fallait s'abandonner tout en restant vigilant, deviner tes envies, les anticiper. C'était à moi de savoir ce que tu souhaitais, sans faire de bruit, sans parler. Te regarder en face ou m'allonger contre ton cœur pour écouter ses battements, m'effacer par moments, te regarder vivre.

Comme devant un film dont on écouterait seulement la musique, il fallait décrypter le scénario, savoir passer de la tragédie au film d'amour, avec de grands moments de comédie où le rire emportait tout. Tu donnais le *la*, sonate ou requiem, je me perdais dans ces notes pour te retrouver de manière absolue, sans jamais t'imposer mes souffrances, tant les tiennes étaient lourdes à porter.

Ne rien attendre, ne rien demander, laisser un monde se créer en dehors de ton chemin, ne pas souffrir de ce qui chez toi pouvait parfois apparaître comme de l'indifférence. Recevoir alors cette force d'amour que toi seul pouvait offrir et qui ne ressemblait à aucune autre.

Tu ne laissais rien transparaître de ta vie. Tu ne te racontais qu'au cinéma, comme si tu t'échappais de toi-même et qu'un autre prenait ta place. Il te fallait ce prisme pour exprimer tes émotions, parler de ceux que tu aimais et surtout de toi-même. Que cela prenne corps dans la fiction, au-delà de toi.

C'est ce que t'apportait cette extraordinaire facilité d'écrire, de réaliser, d'interpréter. Tes films te rendaient étranger à toi-même, fissurant le barrage de ta pudeur, derrière lequel tu retenais le flot de tes colères, de tes angoisses, de tes joies, pour mieux les mettre à distance derrière un écran.

Depuis la séparation avec tes parents, durant la guerre, où tu éprouvas le traumatisme de l'abandon, jusqu'au dernier jour de ta vie sur le plateau de *Trésor*, tu voyais ton existence se dérouler sous ta plume et les images recouvrir ton écriture.

Les scènes finales de tes films sont souvent empreintes de cette étrangeté à toi-même. On la devinait dans la lumière qui filtrait à travers les arbres à la fin du *Cinéma de papa*, comme si les choses t'échappaient, que tu étais là, mais si loin déjà, capturant ainsi l'image de ton père, la figeant comme un moment éternel.
La même sensation me saisit lors des derniers plans de *L'un reste, l'autre part*, ceux de la rivière, où tous les êtres que tu as aimé se reflètent dans un filtre transparent, presque irréel, imprimant leurs visages pour l'éternité. Mettre en images ce que l'on ressent en regardant sa vie s'éloigner.

Ton père t'imaginait agent de comédiens, il te répétait souvent : « C'est facile : tu montres les photos et tu passes à la caisse », mais tu préférais te mettre en scène, diriger les acteurs, répétant à ton tour : c'est le rôle qui fait l'acteur, et non l'inverse. Comme *Tchao pantin* pour Coluche, ou *Manon* et *Florette* pour Daniel Auteuil, tu voyais en eux bien avant les autres. Les révéler, se révéler soi-même, comme si on découvrait un autre, que l'on ne connaissait pas.

Il aura fallu du temps avant que tu acceptes d'être scénariste, metteur en scène, que tu renonces à ta carrière d'acteur, telle que tu la rêvais. C'est le message que t'envoie Maurice Pialat dans *Janine* en gardant la scène où tu fais signe d'interrompre la prise de vue. Il te dit à travers ce symbole : « Tu veux faire l'acteur, mais tu es avant tout l'auteur de ta propre histoire, c'est toi qui dois te diriger et personne d'autre. »

À partir de trente ans, tu vas cumuler toutes les fonctions : tu seras acteur, scénariste, réalisateur et producteur de la plupart de tes films. De 1966 à 2009, après quarante-trois ans et vingt et un longs métrages, tu laisses un témoignage unique sur le déroulement de ta propre vie. Je ne crois pas qu'il existe un autre exemple dans toute l'histoire du 7e art. Il s'agit d'une démarche si singulière. Il suffit de se plonger dans le coffret où ils figurent tous et de les laisser défiler dans le temps, pour te découvrir à nouveau.

Après avoir raconté ton enfance, tu abordas ton adolescence et tes premiers émois amoureux dans *La Première Fois*. Dans *Le Pistonné*, ton seul film avec Guy Bedos, qui jouait ton rôle, tu racontais les affres de ton retour du service militaire après vingt-quatre mois dans la guerre du Maroc. Puis, tu te confronteras au mariage, à la fondation du couple dans *Mazel Tov*. *Le Cinéma de papa* viendra ensuite, suivi d'*Un moment d'égarement* et de *Sex shop*, qui raconteront les tourments, les obsessions d'un homme dans la maturité, les difficultés de la vie conjugale, tout comme *Le Mâle du siècle* et *Je vous aime* : comment Claude Langmann abandonne les livres pour le commerce de l'érotisme, les joies du libertinage, la libération sexuelle, les douleurs, la folie de la jalousie, le désir de posséder l'autre.

À partir des années 80, où s'affirme ta confiance en ta maîtrise, c'est à travers l'adaptation d'œuvres littéraires que tu continueras de t'exprimer. *Tchao pantin*, *Jean de Florette*, *Manon des sources*, *Uranus*, *Germinal*, *Lucie Aubrac*, *Une femme de ménage*, *Ensemble, c'est tout*, c'est aussi la rencontre avec des écrivains qui, à leur manière, faisaient écho à ta propre histoire, se substituant à tes émotions, à ton impossibilité d'écrire durant la maladie d'Anne-Marie. Ce sera la rencontre avec Marcel Pagnol, Alain Page, Marcel Aymé, Émile Zola, Christian Oster, Anna Gavalda.

Mais toi, ne t'es-tu pas toujours senti comme *Le Maître d'école*, celui qui claque la porte de l'atelier familial ? Après la disparition d'Anne-Marie et de Julien, trois films raconteront à nouveau ta vie, celle qui semble t'échapper, le destin de ceux que tu aimes et qui disparaissent tragiquement, la maladie, la dépression. Pourtant, jusqu'au bout, l'amour fou, absolu, sera présent, tout comme le rire dans *La Débandade* ou *L'un reste, l'autre part*. Il irradie dans *Trésor* comme une délivrance, telle l'insouciance retrouvée, tard, si tard, mon Claude, comme un testament qu'il me faut exécuter. *Trésor* où l'arrivée de notre petit chien referme le livre, le tien. Comme dans *La Rose pourpre du Caire*, tu entrais et sortais de l'écran au rythme de tes envies.

Souvent, je te regardais écrire. Je voyais ta main filer sur le papier. Tu dialoguais d'une façon déconcertante, laissant libre cours à ton imagination, sans aucune censure, transposant, restituant le réel. Le film alors coulait de source comme s'il s'imposait à toi sans que tu puisses le retenir. C'est là, dans ces moments très précis, que tout s'accélérait, que tu donnais vraiment les cartes, projetant ta vie sur l'écran sans te soucier de ceux qui t'entouraient.
Tout s'y trouvait. Ta façon d'aimer, de rire, de pleurer, de rompre. Tout passait à travers le jeu d'une représentation dont tu incarnais tous les personnages. « N'oublie pas que Claude est avant tout un acteur », me disait souvent Arlette lorsque tu changeais d'humeur en quelques instants et que je l'appelais en pleurant.

« Je joue. Ne vois-tu pas que je joue ? », me disais-tu en me serrant dans tes bras. Parfois, je ne savais plus si tu étais Claude Langmann ou Claude Berri, en tout cas, tu étais Mon-Claude. C'est le nom que je te donnais, comme un seul mot, sans séparation, comme un prénom.

Je me suis réveillé cette nuit en pensant à tous ceux qui sont morts, à ma « Chambre verte », à François Truffaut, à Lebovici et aux autres. Il faudrait que j'écrive jusqu'à la fin. Je voudrais jouer avec ma mort, à cache-cache. Où se cache-t-elle ? À quelle sauce elle va me manger ?

As-tu rejoint cette chambre que tu évoquais dans *Autoportrait* ? La mort t'a entendu. Elle s'est mise à te guetter, peu de temps après, mais elle n'était pas comme tu l'imaginais quand tu écrivais :

Je dois mourir, mais comment ? Lentement ? J'ai du sucre dans le sang. Ou bien brutalement ? Il faut mourir et vivre encore. Il faudrait écrire ses mémoires une fois mort.

J'écris les nôtres. À mon tour, cette nuit, je me suis réveillée. J'avais rêvé que tu étais bien dans cette chambre aux reflets verts, éclairée par la lumière des bougies, et que tu m'attendais. Depuis, la mort t'a noyé dans ton sang, qui déborda de ses vaisseaux pour couler dans mes veines. Laisse-moi entrer dans cette lueur. Je voudrais te retrouver. Retrouver aussi mon frère, ma mère, mon père, Frédéric. Personne ne peut savoir à quel instant la mort nous emportera.

Écrire nos mémoires une fois morts : laisse-moi le faire tant qu'une partie de moi demeure, pour ajouter ma trace, mes couleurs, mes traits, ma vision de ton être. Écrire ton portrait. Laisse-moi ajouter ces pages aux tiennes, à celles où tu te dévoiles, dans cette intimité qui se crée entre celui qui lit et celui qui écrit, et dont tu dis, à la fin de ton livre, qu'elle est « une chose unique ».

Si l'auteur a réussi, le cœur du lecteur bat au même rythme que le sien.

Écrire pour les autres, pour ceux qui t'ont aimé, écrire ta mort, c'est comme écrire après la mienne.

Achevé d'imprimer en septembre 2009
sur les presses de la Nouvelle Imprimerie Laballery
58500 Clamecy
Dépôt légal : novembre 2009
N° d'impression : 909120
Imprimé en France